お尻の割れ目に彼の指が忍び込む。
蕾を探り当てて、そこを指先で撫でられた。
身体がビクビクと震える。
こんなこと……。
変だ。すごく変だ。
JN264644
illustration
RYU SUGAHARA

罠にかけられた花嫁

Trapped bride

水島 忍
SHINOBU MIZUSHIMA presents

KAIOHSHA ガッシュ文庫

イラスト★すがはら竜

CONTENTS

★本作品の内容はすべてフィクションです。
実在の人物・地名・団体・事件などとは一切関係ありません。

有村尚吾《ありむらしょうご》は今、人生最大の危機に直面していた。

ここは結婚式場に付属しているチャペルだった。本物の教会ではなく、結婚式を挙げるためだけのチャペルで、牧師も招待客もいない。いるのは、結婚式場のスタッフだけだ。

しかし、自分がここで結婚式を挙げるのは、とんでもない間違いだと思う。

何故なら、尚吾に結婚の意志はないから。いや、これは結婚そのものでさえない。何しろ自分の横にいるのは、花嫁《はなよめ》ではなく花婿《はなむこ》なのだ。

そして、尚吾は純白のウェディングドレスを着て、ブーケを手にしている。フリルやレースのついたドレスで、裾《すそ》が思いっきり広がっている。気分はお姫様だ。もちろん男の自分は、決してお姫様などになりたくなかったが。

胸には詰め物をしたブラジャーをつけ、ウエストはコルセットで思いっきり締め上げられている。こんな苦しい思いをしてまで、どうしてこんな格好をしなければならないのかというと、それは三つ年上の姉、真由奈《まゆな》のためだった。

これは真由奈の代役だ。ウィッグをつけ、メイクをすれば彼女にそっくりで、よく女に間違えられるにしても、こんな茶番には冷や汗が出てしまう。

これが二人だけの挙式で、牧師の前で誓いの言葉を言わされるわけではないことだけが、救いだった。いくらなんでも、自分が姉の代わりとして、神様の前で永遠の愛を誓うわけにはいかない。そして、招待客に祝福されるわけにはいかなかった。

賛美歌が流れる中、尚吾は横に立つ白いモーニング姿の花婿、西園孝也《にしぞのたかや》を、ベール越しに見つめた。

孝也は適度に筋肉がついたスマートな長身で、顔はといえば、驚くほど端整だった。綺《き》麗《れい》という表現が合っている。が、尚吾のように女に間違えられることはないだろう。彼の顔にはシャープな男らしさがあったし、優しげに見えても、強引な性格がそこはかとなく表れている。

この男のことを、尚吾は子供のときから見知っていたが、はっきり言って大嫌いだった。とはいえ、彼は裕福に生まれ育った御曹司《おんぞうし》で、真由奈にしてみれば玉《たま》の輿《こし》に乗れて嬉しいのかもしれない。しかも、容姿も申し分ない。三十二歳という年齢は、二十三歳の真由奈からしても、少し年上すぎるかもしれないが、彼女がいいなら、反対する理由はなかった。

ただ、結婚式で代役を務めるとなると、話は別だった。

式はプログラムどおりに進行していく。指輪の交換のために、尚吾は手袋とブーケを女性スタッフに渡した。

姉ちゃんの指輪がオレに入るかな……。

比べてみたことはないが、普通に考えて、自分の指のほうが太いに違いない。だが、意外なほどに、すんなりと指輪は指に収まった。プラチナの細いマリッジリングだ。次に、彼の手を取り、同じ形の指輪をはめていく。

ああ、どうして姉ちゃんはこんな役目をオレに押しつけたんだろう。

本当に理解できない。女性にとって、結婚式というものは一生の思い出ではないだろうか。真由奈が変人で、普通の女性と考え方がかなり違うのは知っているが、いくらなんでも弟に代役をさせるとは思わなかった。

「では、新婦に誓いのキスをどうぞ」

進行役のスタッフに促されて、孝也は尚吾のベールを上げた。彼はじっと尚吾の顔を見つめている。メイクしていて、自分では完璧に真由奈になりきっているはずだが、彼の目にはどうなのだろう。

心臓がドキドキしてきた。こんなに見つめるということは、もしかしたら尚吾だと見破られたのかもしれない。

だが、彼は蕩《とろ》けそうな顔で微笑《ほほえ》むと、こう言った。

「綺麗ですよ」

孝也は尚吾の両腕に軽く手を添えると、顔を近づけてくる。もちろん、誓いのキスのためだ。嫌だが、仕方がない。

尚吾はそのまま目を閉じた。彼の唇《くちびる》が自分の唇へと重ねられる。柔らかい感触がして、尚吾は身体を強張《こわば》らせた。

ああ、とうとう……。

すぐに唇は離された。ほっとして、思わず彼に笑いかけた。すると、彼からも微笑みが返ってくる。

「ここに、晴れて二人は夫婦となったことを宣言します」

進行役の言葉で、スタッフから祝福の拍手がなされた。すると、孝也は尚吾の身体を支えるようにウエスト辺りに手を回してくる。

身体に触れられるとマズイ。無理してウェディングドレスに身を包んでいるものの、体型が女ではないからだ。こうなってくると、このきついコルセットの存在がありがたく思えてくる。ここで彼に女ではないとバレたら、とんでもないことになる。真由奈の怒りを買いたくないが、それ以上に、恥をかきたくない。そして、何より、孝也に馬鹿にされたくなかった。

男のくせに、ドレスを着ているなんて……。

いや、孝也も怒るだろうか。真由奈のふりをして結婚式に出て、キスまでしたのだ。孝也は彼女とキスしたつもりだったろうに。

しかし、孝也は何も気づかず、尚吾に優しく言った。

「次はチャペルの外で写真撮影ですよ」

結婚式の写真に、姉ではなく、自分が写っていいものだろうか。疑問に思ったが、もうどうしようもない。ここに、本人はいないのだから。これは真由奈のせいで、自分のせい

ではなかった。

結局、尚吾はにっこり笑って、孝也と共に写真に納まった。


真由奈が結婚すると言い出したのは、実に一週間前のことだった。

彼女は以前から結婚するなら玉の輿と決めていた。尚吾と真由奈の両親は早くに亡くなり、大学教授である祖父に育てられてきたのだが、その祖父は金銭感覚が微妙な人だったのだ。単に金遣いが荒いというわけではなく、趣味に夢中で、自分の財力を投入してしまう悪癖《あくへき》があった。そして、その趣味は、なんと埋蔵金の発掘だった。ロマンはあるが、実際に祖父がお金になるような何かを発掘したことは一度もなかった。

それで、生活費が足りなくなることもしばしばで、真由奈はそのことで苦労していた。だから、結婚する相手は金持ちと決めていた。ただの金持ちではなく、大金持ちだ。年齢や容姿や性格なんて関係ないとまで言い放っていたくらいだ。それくらい思いつめていたのだから、彼女が働く会社の経営者である孝也を射止めたのは、喜ばしいことなのかもしれない。

孝也は西園電器グループの御曹司で、グループ会社の経営者なのだ。決して、今にも天国に召されそうな年齢でもないし、女性に相手にされないような醜《みにく》い容姿でもない。それどころか、女性が求めるものすべてを持っていると言っても差し支えないほどだった。

ただし、性格はよくないと思う。個人的には。

孝也は祖父の教え子の一人で、家によく来ていたので、以前から知っているのだ。真由奈は彼のことが最初から気に入っていたようだが、子供だった尚吾には気障《きざ》な男にしか見えなかった。大学生なのに、誰に対しても丁寧《ていねい》な言葉で喋《しゃべ》っていて、そこが癪《しゃく》に障った。何度かイタズラしてやったら、こっぴどく叱《しか》られて、お尻《しり》を叩《たた》かれた覚えがある。あのとき以来、尚吾は孝也のことが嫌いだった。

それなのに、真由奈は彼と結婚すると言う。

「姉ちゃん、やめとけよ。あんな男、絶対、浮気して姉ちゃんのこと泣かせるって！」

「孝也さんはいい人よ。おじいちゃんが亡くなってから、ずっとお世話になってるのに。あんたは十年も前のことをまだ根に持ってるだけよ」

お尻を叩かれた挙句、尚吾は彼に謝罪するよう強要されたのだ。あのことは、絶対に忘れない。あのとき、一生、こんな奴のことは呪ってやると思ったものだ。

「あれは……あいつが悪いんだ」

尚吾に言わせるとそうだ。大学生の彼は中学生だった真由奈と親しげな態度で話していた。尚吾はそれが許せなかったのだ。

姉を取られるような気がしたし、こんな気障な男が真由奈を口説《くど》こうとしていると、子供ながらに危機感を持った。だから、彼のお茶にチューブのわさびを投入したり、靴の中に瞬間接着剤をこっそり塗ったり、とにかく思いつく限りのイタズラをしてやった。

それのどこが悪いと、今も思っている。すべて、真由奈を守るためだ。だいたい、大人からしてみれば、小学生の尚吾がした他愛ないイタズラに過ぎない。あんなものに真剣に怒るあいつが悪いに決まっている。

それなのに……。

孝也は逃げようとする尚吾を捕まえると、左手で抱え上げ、右手でお尻を叩いた。もちろん、みんなの前でだ。あのとき彼と一緒に遊びに来ていた大学生や祖父、それから真由奈も唖然《あぜん》として見ているだけで、誰も何も言わなかった。それくらい、彼の剣幕が凄《すさ》まじかったからだろう。

『謝りなさい。謝らなければ、許しませんよ！』

尚吾は絶対に謝るものかと思っていた。だが、まったく容赦《ようしゃ》のない叩き方で、あまりの痛みに耐えかねて、泣きながら謝る羽目になった。

『ごめん……ごめんなさい！　もうしません！』

祖父は躾《しつけ》にまったく厳しくなかったし、放任していた。真由奈もそうだったし、両親が生きていた頃はいい子だったので、お尻を叩かれたのは初めてだった。しかも、みんなのいる前で叩かれたのだから、尚吾には屈辱的な体験でしかなかった。

孝也は謝った尚吾には優しくしてくれた。膝《ひざ》の上に座らせてもらい、涙をハンカチで拭《ふ》かれ、お菓子ももらった。まるでアメとムチの使い分けだ。だが、尚吾は十年経《た》った今でも、あのときのことを恨《うら》みに思っている。

あいつのことだけは、絶対に許せないと。

「孝也さんは悪くないでしょ？　あんたが一方的にあの人の気を引きたいがためにやったことよ」

「オレはあいつの気を引きたいと思ったことなんて、一度もないね。姉ちゃんにちょっかいかけてたから、やめさせようと思っただけだ。それなのに、あいつは……！」

彼は丁寧な口調だったが、厳しい態度で尚吾に接した。真由奈にはあんなに優しく微笑みかけていたくせに、どうして自分にだけあんな態度を取らなくてはならなかったのかと思うと、今も心の底から怒りが燃え上がってくる。あいつの本性はドSの悪魔だ。みんなダマされてる！

真由奈は呆《あき》れたように肩をすくめた。

「まったく、二十歳になったくせに、まだ子供なんだから。あんたに彼女がいないのは、そのせいよ」

「彼女なんて、いらない」

そんなものを欲しいと思ったこともない。興味もないし、女とちゃらちゃら遊んでいる奴らの気が知れなかった。尚吾は高校を卒業する前から、バイトを掛け持ちしながら必死に働いていたからだ。

祖父が生きていたときも大変だったが、三年前に亡くなってからのほうがより大変だった。遺産というか、貯金も生命保険金もないのに、莫大な相続税がかかる家と土地を残してくれた。ちなみに先祖から受け継いだ土地で、現在は土地の価格が上がった結果、相続税も大変なものになっていたのだ。

もちろん、それを売れば相続税が払える。しかし、同時に祖父には借金もあった。亡くなる前には手術と入院をしていたから、その費用も払わなくてはならない。

相続を放棄《ほうき》すれば一文無しだ。だから、相続して不動産を売り、相続税と借金と病院の費用を払った。いくらか金が手元に残ったが、大学生の真由奈と高校生の自分が暮らしていくには、充分とは言えなかった。

そんなわけで、尚吾は彼女なんてつくる暇もなかったし、色恋にも興味も抱かず、ひたすら働いてきたのだ。今はさほど生活に困っていないが、貧乏だったことが頭にあり、どうしてもバイトを掛け持ちして働かずにはいられなかった。

女より金だ。貯金通帳が恋人のようなものだ。それに、尚吾が大切なのは真由奈だった。シスコンと呼ばれようが、真由奈以外の女なんて、どうでもよかった。

「そうよね……。ショウちゃんは彼女なんていらないのよね」

真由奈は何故か意味ありげに言った。

「え？　どういう意味……」

「それより、ショウちゃんは私の幸せを願ってくれるんでしょう？」

「そりゃあ……でも、あいつは姉ちゃんにはもったいないって。いくら大金持ちでも、もっと性格のいい人を選ぶべきだって思うんだ」

「それはいいのよ。とにかく、私は孝也さんと結婚することにしたの。孝也さんのこと、愛しているのよ。反対しないでしょう？」

愛してる……。

尚吾はその言葉を聞いて、胸の奥に痛みを感じた。真由奈が孝也のものになってしまう。それは嫌だった。だが、そこまで言われて、反対はできない。てっきりお金目当てだと思っていたのに、彼女に愛情があるのなら、仲を裂くわけにはいかないだろう。

「うん……。姉ちゃんがそこまで言うなら……」

「よかった！　で、私、ショウちゃんに頼みがあるの！」

打って変わったように、真由奈は楽しそうに尚吾に話を持ちかけてきた。なんだか嫌な予感がする。真由奈がこんなきらきらした瞳をしているときは、要注意なのだ。

「孝也さんは次の日曜に二人だけで挙式しようって言うの」

「一週間しかないし！　二人だけ？　姉ちゃん、それ、騙されているんじゃ……」

だいたい、二人だけとは何事だ。自分は当然、結婚式に呼ばれるべきだ。真由奈とはずっと苦楽を共にしてきたたった一人の家族なのだ。それに、孝也は御曹司だ。普通に考えたら、彼の結婚式には大勢の招待客が呼ばれるはずだ。それを二人だけで式を挙げるなんて、なんだかおかしい。

「ショウちゃん、うるさい。孝也さんはね、一刻も早く私と結婚したいって言ってくれてるのよ。私が大事だから、セックスだって結婚するまで待ってくれてるのよ！」

真由奈の口から、明け透けなことを語られて、尚吾は思わず顔を引き攣《つ》らせた。

「セ、セックスなんて……」

「あら、ショウちゃんみたいなお子様には刺激が強すぎたかしら。とにかく、彼はそれくらい私にメロメロなの。だから、結婚式を早く挙げたいのよ」

「そ……そうなんだ？」

尚吾はさっきから胸の内がもやもやとしていて、それが晴れなかった。孝也と真由奈が結婚するということは、当然、そういう行為もするということだ。子供ではないのだから、判っているが、それがどうにも気に食わなかった。

「でもね……私は今度の週末には友人と旅行する約束をしてるのよ」

「断ればいいだろう？」

普通の女なら、友人との旅行より、好きな人との結婚式を選ぶだろう。旅行はまた別の機会に行けばいいのだ。友人だって判ってくれるはずだ。

「冗談じゃないわ。その旅行が独身最後の旅行になるかもしれないのよ。友情は何より大切なんだから。男との縁はすぐ切れるけど、友達との縁はなかなか切れないものなのよ！」

今さっき、愛しているという言葉を聞いたばかりだというのに、今度は男より友人が大切だと言っている。尚吾は彼女の理屈が理解できなかった。

「え、えーと……じゃあ、結婚式を延期すれば？」

「それもできないのよ。孝也さんは忙しい人よ。結婚式場の予定も押さえてあるし、とにかくその日じゃないといけないの」

「結婚式場？　二人きりで挙式するのに？」

「最近はそういうプランもあるの」

そういうものなのか。しかし、真由奈はどうするつもりなのだろう。結婚式の日を動かすこともできないし、友人との旅行もしたいと言う。一人の人間が二箇所に存在することは不可能だ。

真由奈の目が光る。尚吾は再び嫌な予感がして、思わず視線を逸《そ》らした。

「ショウちゃん、私の代わりに結婚式に出て！」

やっぱり……！

自分の予感は当たっていた。尚吾は過去何度か、真由奈の服を着せられ、メイクもされたことがある。とにかく、尚吾は彼女と双子のように似ていて、背丈もほぼ同じだった。

「無理だって。だいたい、男だって、すぐバレるだろう?」

「大丈夫。バレないって。ショウちゃん、その気になれば高い声も出せるし、メイクをしたらそっくりになれるもん」

尚吾は否定したかった。が、実際、バレたことはないのだ。

一ヵ月ほど前のことだったが、二人が暮らすアパートに孝也が来たことがある。祖父が亡くなってから、孝也は二人の様子をよく見にきていた。今考えれば、真由奈のことが気になっていたに違いない。

そのとき、尚吾はたまたま真由奈の遊びで、彼女の服を着せられ、ウィッグをつけられ、メイクも完璧《かんぺき》にされていた。まさしく真由奈そのものだったのだ。真由奈はさんざん写真を撮った後、出かけた。そして、孝也がやってきたのは、そのすぐ後のことだった。

尚吾はドアを開けた瞬間、後悔した。孝也に女装していたことを笑われ、馬鹿にされるに違いないと思ったからだ。

だが、彼は何も言わずに、じっと尚吾の顔を見つめていた。まるで見蕩《みと》れているかのような目つきで。

その瞬間、尚吾は思った。真由奈のふりをして、彼を騙《だま》してやれと。そうすれば、女装していたことがバレずに済むと思ったのだ。

『あら、孝也さん。いらっしゃい。どうぞ上がって』

自分でもゾッとするような甘い声を出して、真由奈のように彼に微笑みかけ、リビングに案内した。ソファに座った彼にお茶を出し、笑顔で他愛のない話をする。しばらくの間、完璧に彼を騙していると思っていた。

が、あまりに完璧すぎたのだろう。ふと気がつくと、孝也の目はいつしか熱を帯びてきていた。かなり真剣に尚吾のほうを見つめている。

なんかマズイ……かも？

『あの……用事があって、そろそろ出かけなければ……』

『……どんな用事なんですか？』

彼は同じソファの端に座る尚吾ににじり寄っていた。

『えっと……えーと……買い物とか』

『そんなものは後にしなさい』

尚吾は彼に手を掴まれたかと思うと、強い力で引き寄せられた。彼の腕の中でもがいたが、まるでそれを罰するように唇を塞《ふさ》がれていた。

男に初めてのキスを奪われるなんて……！

尚吾はショックだった。呆然としているうちに、舌が入ってきた。思いっきり本格的にキスをされていたのだ。それは今までまったく経験したことのないものだった。自分の舌をからめとられているなんて……信じられない。

　抵抗できなかった。心臓がものすごい勢いで脈打っているのが判る。だが、それは自分だけでなく、彼も同じだった。彼の唇と舌の感触が、いつしか尚吾を興奮させていた。

　しかし、いつまでもそのままではなかった。尚吾が正気に戻るより、孝也が我に返るほうが早かった。

『クソッ！』

　彼は唇を離すと、謝罪の言葉もなしに、罵《のの》り声を上げた。そして、ぼんやりしたままの尚吾をそのままにして、彼は立ち去った。

　あっけに取られた後、尚吾は猛烈な怒りを感じた。あまりにも無礼で乱暴だ。尚吾を真由奈と思っていたにしろ、無理やり唇を奪っておいて、謝りもしないなんて。

　あんな奴……あんな奴、大嫌いだ！

　尚吾は孝也のキスに陶然としていた自分を許せないこともあって、余計にそう思った。

　今思えば、あのとき、孝也は真由奈と付き合っていたのだろうか。いや、付き合っていたら、キスの後に、あんな立ち去り方はしないはずだ。とすれば、あの後、彼は真由奈に交際を申し込んだのか。

　尚吾ははっとして真由奈を見つめた。

「姉ちゃん、もしかして、あいつに聞いた？　姉ちゃんと間違えてオレにキスしたこと」

真由奈は目を丸くした。

「あんた、孝也さんとキスしたの？　へぇぇ……二人の間に、そんなことがあったんだ？」

驚いた後、彼女は何故だかにやにやと笑った。

真由奈が知らないということは、彼は何も言わなかったのだろうか。あのときはごめんとか、そういう謝罪の言葉もかけなかったというのも、なんだか変な話だ。

「いや、あのとき、姉ちゃんの格好をしてたから、姉ちゃんと思ってキスしたんだよ」

「……じゃあ、孝也さんは気づかなかったってことね。それなら、都合がいいじゃない。それに、彼とキスも経験済みなら、ショウちゃんも平気でしょ？」

尚吾はそれを聞いて、青ざめた。結婚式には誓いのキスがある。また彼と唇を合わせるなんて、絶対無理だった。

「姉ちゃん……オレ……」

「やってくれるでしょう？　一生のお願いよ。結婚のお祝いだと思って、私の我がままを聞いて！」

一生のお願いなどと言われて、断れるはずがなかった。真由奈は今まで苦労してきたのだ。これから幸せになるべきだ。だから、花嫁の代役くらい、引き受けるべきだろう。

どんなに虫唾《むしず》が走るほど嫌なことでも。

尚吾は仕方なく頷いた。真由奈は嬉しそうに笑った。

「ハネムーンに出かけるまでには、帰ってくるわ。それまで、孝也さんをしっかり騙すのよ」

自分の花婿を騙せと弟に指令を出す姉など、一体、どこにいるのだろうか。

尚吾は変人すぎる姉を見て、眩暈《めまい》を覚えた。


チャペルの前で、にっこり笑って孝也と共に写真を撮った尚吾だったが、本当にこれでいいのだろうか。結婚式の写真は一生のものだ。それが花嫁の弟がこっそり花嫁のふりをして写っているなんて、本来なら絶対に許しがたいものに違いない。

どう考えても、真由奈の行動は不可解だった。が、あの祖父と暮らしていたのだから、多少、感覚がおかしくなるのは無理もないと思う。祖父は教授としてはまともだったが、埋蔵金発掘の夢を見る変人で、子育てには向かない性格だった。少なくとも、思春期の真由奈にはつらいことも多かったはずだ。

せめて祖母が生きていてくれたら……と思わないでもないが、それを言ったらキリがない。両親が早くに亡くなったのだから、祖父がいてくれてよかったと思うべきだろう。

とはいえ、せっかく捕まえた玉の輿、いや、愛しの花婿を置いたまま、真由奈はまだ帰ってこない。式が終わり、尚吾はドレスを脱ぐと、彼女の携帯に電話をした。が、電源が切られている。もしくは、電波の届かないところにいるらしい。

彼らは沖縄《おきなわ》のどこかの島へこれからハネムーンに行くらしい。羽田空港《はねだくうこう》で同じ服で落ち合い、そのまま入れ替わることになっていたが、早く帰ってきてもらわないと困る。

そういえば、彼女はどこへ友情旅行に行ったんだっけ……。

あまり詳しいことを聞いていない。昼も夜も、バイトに勤《いそ》しんでいたからだ。昨夜《ゆうべ》も夜中まで居酒屋で働いていた。今日は昼からのバイトは休んでいるが、夜のバイトにはちゃんと出かけるつもりだった。

控え室のドアがノックされた。

「はい!」

応えると、ドアが開く。モーニングからスーツに着替えた孝也がそこに立っていた。何故だか、尚吾の胸は妙に高鳴ってしまった。一緒に写真を撮ったとき、彼が優しく肩に手を回していて、その手の温もりをふと思い出した。

だが、彼の手がどんなに温かかろうが、尚吾には関係ない。彼は義兄となるが、それだけのことだ。彼は結婚した以上、真由奈のものだった。

「もう用意はできましたか?」

「え？　あ、はい」

　尚吾は綺麗なふんわりしたワンピースに着替えていた。もちろん、その下には詰めものがしてあるブラジャーとコルセットが隠されていた。にっこりと孝也に笑いかけたが、本当は苦しくて仕方がない。

　ブラやコルセットは、真由奈のふりをするには不可欠で、必要に迫られてつけるしかなかったが、下着まで女ものをつけさせられたのは、不満だった。小さくて穿《は》き心地が悪い。真由奈が言うには、女になりきるためだそうだが、自分的には必要とも思えなかった。どうせ、誰にも見られないのだから。

　だいたい、女装がクセになったら、どうしてくれるんだ！

　そんな趣味はないと思いつつも、真由奈の言いなりになっている自分が不思議だった。孝也は、椅子から立ち上がった尚吾の全身に目を走らせた。尚吾としては、彼に見られる度に、何か不自然なところでもあるのかと気になって仕方がない。

「あの……何か？」

　孝也は優しく微笑んだ。

「いいえ、君は相変わらず綺麗だと……そう思っただけです」

　本心だろうか。しかし、真由奈は美人だ。そして、真由奈そっくりの自分も、女だったら美人と形容されただろう。男としては、線が細すぎて、頼りなさげに見えるが。

「さて、そろそろ空港に向かいましょうか」

「はい……」

携帯を握り締めていた尚吾の手を見て、孝也は眉を上げた。

「もしかして、尚吾君にでも電話してました？」

「えっ……ええ。でも、繋がらなくて……」

「君の弟は若いのに働きすぎですね。もう少し遊ぶことも考えたらいいのに」

その言葉に、尚吾は反感を持った。自分達姉弟の境遇を知っているはずなのに、そんな呑気《のんき》なことを口にするなんて、彼はやはり苦労を知らぬ御曹司なのだ。金の苦労をしたこともないし、自分の趣味しか頭にない祖父と暮らしたこともない。

「遊ぶ暇なんて、あるわけない」

自分の口から思いがけないほど険のある声が飛び出してきた。はっとして、尚吾は自分の口を押さえた。今は真由奈のふりをしているのだ。彼女は孝也に対して、こんなことは言わないだろう。

「私達が結婚したからには、彼も少しくらい余裕を持ってもいいと思いますよ」

彼の穏やかな口調に更にムッとして、尚吾は視線を逸らした。義弟となった尚吾にも援助してやるつもりなのだろうか。そんなことは真っ平だ。真由奈がどんな大富豪と結婚しようが、そんなことは関係ない。自分は自分の力で生きていく。

それに、本当は余裕なら多少あるのだ。ただ、どうしてもその余裕を楽しむ気になれない。働けるときに働いて、できるだけ金を貯めなくてはならない。もはや、それは強迫観念だった。もう二度と金の苦労はしたくないからだ。

そういえば、真由奈はハネムーンから帰ってきたら、すぐに引っ越すのだろうか。新居のことは何も聞いていない。まだ荷造りもしていないようだったが。

真由奈がいなくなるなら、今の２ＬＤＫのアパートにいるわけにはいかない。自分一人なら、１Ｋでいいからだ。なるべく家賃が安いところがいい。一人で暮らしていくとなると、もっと切り詰めたほうがいいだろう。無駄な出費など、真っ平だった。

真由奈と入れ替わったら、早速、安いアパートを探そう。そして、義兄に干渉させないようにするのだ。そんなことは絶対に許さない。孝也は血の繋がった兄ではない。真由奈と結婚した赤の他人だ。

しかし、孝也は尚吾の内心など、どうでもいいようだった。

「さあ、そろそろ行きましょう。空港でランチも食べておきたいし」

尚吾は頷き、傍《そば》に置いていたバッグを手に取り、携帯を押し込んだ。空港で真由奈と入れ替わらなければならない。今はそのことしか頭になかった。

空港で何度電話をかけても、真由奈とは繋がらなかった。

気持ちは焦る。このままだと、自分はハネムーンに行かなくてはならなくなる。それは困る。だが、まさか真由奈と入れ替わらぬまま、孝也を置いて、姿をくらますわけにもいかない。そんなことは責任を放棄したのと同じことだった。

なんとかしないと……。

でも、どうすればいい？

携帯を何度もかけるのは、孝也の目を引いて仕方がない。できれば、もっとスマートに彼女と入れ替わりたいのに。自分の様子がおかしいことに、彼はきっと気がついていることだろう。

昼食の最中にもそわそわしている尚吾を見て、孝也は尋ねた。

「尚吾君と連絡がつかないんですか？　何か大切な用事でも？」

「えー……と、いえ、そんなに大した用事じゃ……」

「それなら、電話は向こうに着いてからでもいいでしょう」

もちろん、いいわけがない。レストランを出た後、尚吾はトイレに向かった。うっかり男子トイレに入りそうになって、慌てて女子トイレに駆け込む。そこで、尚吾は真由奈に電話をかけた。

今度は繋がった。真由奈は面倒くさそうな声で電話に出た。

「姉ちゃん、どこにいる?」

『ああ、ごめんね。ちょっと列車が遅れちゃって。沖縄まで追いかけていくから、向こうで落ち合いましょう』

彼女はそれだけ言うと、電話を切った。その後はもう電源を切られている。一体、何が起こったのだろう。とにかく、沖縄に行かなくてはいけないようだった。

現地で、ちゃんと落ち合えるのだろうか。それが心配だった。が、真由奈だって、ハネムーンに行きたくないわけでもないだろう。それに、初夜だって待っている。いくらなんでも、その身代わりまではできなかった。

呆然としながらも、とにかくここはハネムーンに出かける初々しい花嫁のふりをしなくてはいけない。尚吾は観念して、孝也と共に沖縄行きの飛行機に乗った。

飛行機はビジネスクラスのシートだった。今まで飛行機に乗ったのは、高校時代の修学旅行のみで、尚吾にとっては久々の飛行機だった。こんな場合なのに、尚吾は思いがけなく飛行機に乗れたことが嬉しかった。

しかも、ビジネスクラスなんて初めてだった。ゆったりした座席に座り、尚吾は窓の外を熱心に見つめた。

「何かめずらしいものが見えますか?」

そう尋ねられて、尚吾は自分が子供みたいな真似をしていたことに気がついた。

「そ、そうじゃないけど……。飛行機に乗るのは久しぶりだから……」

孝也はなるほどというふうに頷いた。

「旅行はしないのですか？」

それどころか、当の真由奈は自らの結婚式の日に旅行していたのだが。

「飛行機にはあまり乗らなかっただけ」

なんとか尚吾は言い逃れた。後で真由奈と話を合わせておこう。確か真由奈は、少なくとも尚吾以上に飛行機には乗っているはずだ。旅行にはよく行く。海外旅行などではなく、友人と一緒の国内旅行だが。真由奈の唯一の趣味だ。

その趣味によって、自分が窮地に立たされていることを思い出し、尚吾は顔をしかめた。けれども、真由奈には頭が上がらない。彼女とは三つ違いだが、ほぼ母親代わりだったからだ。彼女が望むなら、これくらいの恩返しは当たり前だ。

ただ、本当に早く入れ替わらないと、大変なことになる。初夜で、孝也をごまかすことはできない。もちろん、そんなことは彼女だって判っていることだから、心配はいらないと思うのだが。

やがて、飛行機は沖縄に着いた。が、空港の外に出るのではなく、そのまま空港内を移動していく。そういえば、どこかの島に行くという話だった。

どこの島だったっけ……？

ちらっと聞いたような気もするが、自分には関係ないから、真面目に聞いていなかった。自分の姉と孝也が過ごすハネムーンの話なんて、聞きたくもなかったからだ。

そういえば……。

真由奈と孝也はもう身体の関係があるのだろうか。真由奈はないと言い切っていたが、あれは弟に対する建前だったのかもしれない。

尚吾は横を歩く孝也にちらりと視線を向けた。彼の横顔は非の打ち所がないほど整っている。男らしさは感じるが、それ以上に繊細さや優しさを感じる。気障な男だと、ずっと馬鹿にしていたが、それに見合うだけの容姿を持っているのだ。

孝也は尚吾の視線を感じたのか、こちらを向いた。

「何か?」

「……いえ、何もっ」

彼の横顔に見蕩れていたなんて言えない。慌《あわ》ててまっすぐ前を向くと、クスッと笑う声が聞こえた。思わず頬《ほお》が熱くなる。馬鹿にされたような気がしたからだ。

今時、結婚前に身体の関係がないカップルなんているわけがない。二人が付き合っていたことを、尚吾は知らなかったが、それでも恋人同士だったからには……。

尚吾はそう考えて、何故だか落ち込んでしまった。しかし、その理由が自分でもよく判らない。それほど自分はシスコンだったのだろうか。そこまでの重症ではないと思っていたのに、姉が取られるような気がしてならないのか。

自分の気持ちについてあれこれ分析してみたが、やはり理由についてはピンと来なかった。

そこで、別のことを口にしてみた。

「乗り換えの飛行機の出発は何時？」

一瞬、彼が答えるまでに間があった。ひょっとしたら、真由奈はすでに聞いて、知っていたのかもしれないと、尚吾はひやりとした。正体がバレたら困るからだ。

「……飛行機じゃありません」

「え、でも島に行くんじゃ……」

船で行くのだろうか。それなら、どうして空港の中を移動しているのか判らない。

「他の方法で行くんですよ」

彼の言葉の意味はすぐに判った。

着いた場所には、ヘリコプターが用意されていたからだ。


困ったことになった……。

ヘリに乗り込む前に、尚吾は真由奈に連絡した。が、やはり彼女の携帯は繋がらなかった。もしかしたら、彼女は今頃、沖縄行きの飛行機の中かもしれない。と思いながらも、目的地の島に着いてから、首尾よく入れ替わることができるのか不安だった。

いや、一番の心配は、夜までに入れ替わることができるかどうかだ。

もし間に合わなかったら、自分がずっと真由奈のふりをしていたことが、孝也にバレてしまう。それだけは絶対に嫌だ。もちろん事情を説明すれば理解はしてくれるだろう。もちろん不機嫌になるに違いない。場合によっては、自分の結婚式を平気でサボタージュする真由奈と喧嘩《けんか》するかもしれない。はっきり言って、尚吾は真由奈の指示に従っただけで、自分が悪いことをしたとは、それほど感じていない。

けれども、とにかく嫌だ。孝也はきっと蔑《さげす》みの目で見るに違いない。そして、尚吾にキスまでしてしまったことに嫌悪感を抱くだろう。

それだけは……それだけは絶対に嫌だ！

孝也に軽蔑《けいべつ》されたり、馬鹿にされることを考えただけで、涙が出そうになってくる。とにかく、この秘密だけは守りとおさなければ。どんな嘘をついてもいいから、初夜からは逃げるのだ。

自分のことだけじゃない。彼と真由奈がいきなり離婚ということになったら、やはり困る。ハネムーンから帰って、入籍をするそうだが、その前に二人が別れてしまったら、結婚の事実そのものもなくなってしまう。真由奈には幸せになってほしい。

ああ、真由奈本人が結婚式に出れば済むことだったのに……！

どうして弟の自分がこんなに悩まなくてはならないのだろう。

そう思いながらも、尚吾は上空からの眺めに目を奪われていた。テレビで沖縄の海を見たことはあったが、本当にこんなエメラルド・グリーンだとは思わなかった。

ヘリは高度を下げていって、小さな島へと近づいていく。

あれ……？　なんだか小さすぎないかな……？

こんな小さな島に誰か人が住んでいるのだろうか。まさか無人島になんて行かないだろうと思いながらも、その島はひたすら木々に覆われていて、家なんて一軒しか見えなかった。

とはいえ、そんな小さな島にもヘリポートは作ってあった。桟橋やボートも見えた。ただ、人は見えない。

「さあ、着きましたよ」

こんな淋《さび》しい場所でハネムーンを楽しむことができるだろうか。いや、自分ではなく、真由奈が楽しめればいいのだが。

買い物をする場所もなさそうだった。新婚カップルの目的がベッドの中にあるにしても、こんな何もないところでは、真由奈ならきっと飽きてしまうはずだ。

ここを選んだのは……。

やはり、孝也だろう。真由奈に意見も聞かずに、孝也一人で決めたに違いない。彼には
そんな強引なところがあるようだった。

ヘリから降りて、荷物を下ろす。ヘリを操縦していた男は、二人に向かって言った。

「それでは、ごゆっくり。もし何かあったら……」

「ああ、無線で連絡しますよ」

そんな会話を聞いていて、尚吾ははっとした。無線で連絡するということは、ひょっと
したら、この島には電話がないのではないだろうか。電話がないのに、携帯電話が通じる
とは思えない。慌てて携帯を取り出してみると、圏外となっている。

ああ、どうしよう……！

そもそも、こんな島まで真由奈がやってきたとして、二人が入れ替わることができると
は思えない。

ヘリは轟音《ごうおん》を立てて、飛び立っていく。尚吾はそれを呆然としながら見ていた。

絶体絶命。万事休す。

そんな絶望的な言葉ばかりが頭を過《よ》ぎる。

「どうしました？」

孝也に顔を覗《のぞ》き込まれて、尚吾は思わず身を引いた。

「な、なんでもないっ……です」

なんでもないことはない。こんな窮地《きゅうち》に陥ったのは、生まれて初めてだった。沖縄に着いて、入れ替わろうなんていう真由奈の意見に従ったのが間違いだった。いや、そもそも、結婚式に花嫁の身代わりで出てはいけなかったのだ。

「私達が二人で過ごすコテージですよ」

それは上空から唯一見つけた家のことだった。ヘリポートのすぐ隣にある。

孝也はキャスター付きのスーツケースを、自分の分と尚吾の分をそれぞれ持った。転がしていかないのは、すぐそことはいえ、道が舗装されていないからだろう。

「あ……あの、自分で持つから」

「大丈夫です。君には持たせられませんから」

自分は今、真由奈の姿だからだ。中身が尚吾だと知ったら、こんな優しいことをしてくれるはずがない。

八泊九日、ここでハネムーンを過《す》ごす予定だというが、一体どうしたらいいのだろう。今夜は疲れたとか言い訳をしてもいいが、八泊もそんなごまかしが通用するはずがない。それに、今は六月の終わりで、梅雨が明けた沖縄はもう真夏だ。そんな時期に南の島に来て、泳がないカップルがいるだろうか。しかし、真由奈のふりをした尚吾は、水着にもなれないのだ。

どうしよう。もう、いっそ自分から告白したほうがいいかもしれない。だが、そう思いながらも、どうしても勇気が出なかった。

コテージは小さくこじんまりとしていて、可愛いイメージの外観だった。彼はスーツケースを下ろし、キーケースをポケットから取り出すと、つけてあった鍵を当たり前のように鍵穴に差し込んだ。

「えっ……ここの管理人さんとかは？　もう、あらかじめ鍵をもらってた？」

普通なら、コテージを借りたとしても、チェックインのような手続きをするはずじゃないかと思ったのだ。

孝也は尚吾の顔を見て、にっこりと笑った。

「ここはうちのものなんです。家族共有のものということですね」

「孝也さんの家族の……コテージ？」

つまり、別荘というものだろうか。

「ここはもちろん、この島全体がそうなんです」

「ええっ？」

小さな島とはいえ、この島全体を彼の一家が所有しているのか。金があれば、それくらいのことは可能だろうが、島を持っている金持ちなんて、そうそういるものじゃない。

「ま、まさか無人島……？」

無人島なら、ますます真由奈と入れ替わることなんて、できるはずがない。まったく、どうしてこんな羽目になったのだろう。

「そのとおりです。でも、あらかじめ水も食料もたっぷり用意してもらっています。発電機もありますしね」

ドアを開けると、涼しい空気が漂っている。あらかじめ、彼が到着する時間に合わせて、用意されたものなのだろう。クーラーが効いていて、テーブルには花と果物が飾ってあり、メッセージカードが添えてあった。

『ご結婚おめでとうございます』と。

「気に入りましたか?」

「も、もちろん……」

そう尋ねられて、気に入らないなどと答えるわけにもいかない。真実を話さなくてはならないと思いながらも、尚吾はいつ言えばいいのか、適切なタイミングがつかめなかった。どうしたらいいのだろう。もう、これ以上、真由奈のふりはできない。それは判っているのに、尚吾を真由奈だと信じている孝也にどう説明すればいいのだろう。

いや、ありのままを話せばいいのだ。実は、自分は真由奈ではないと。

尚吾は息を吸い込んで、口を開こうとした。が、その前に、孝也のほうが口を開いた。

「何か飲み物でもいただきましょうか? それとも、先に着替えを? シャワーを浴びたいなら……」

「の、飲み物を」

「それなら、私もそうします」

孝也は笑みを浮かべると、キッチンに向かった。冷蔵庫には、いろんな食材と共に飲み物もずらりと並んでいる。

「ジュースがいいですか？」

子供じゃあるまいし。と思ったが、昼間からアルコールを飲むつもりはない。頷くと、彼はオレンジジュースを出して、二つのグラスに注いだ。

「あの……孝也さんはジュースでいいの？」

「いいんです。まだ日は落ちてないから。そこのテラスに座って、二人で乾杯しましょう」

窓の外にはテラスがあり、白いテーブルと椅子が置いてある。そして、その向こうには海が見える。なんていい風景なんだろう。無人島に連れてこられるなんて、とんでもないと考えていたが、こんな美しい風景を見られるのは嬉しかった。

二人で椅子に座り、グラスを触れ合わせ、オレンジジュースで乾杯をする。冷えたジュースは乾いた喉《のど》を潤した。

日陰になっているため、風が涼しく感じる。なんて快適なんだろう。

うっとりと海のほうを眺めていたが、ふと尚吾はこんなところで寛《くつろ》いでいる場合じゃな

いことを思い出した。だいたい、なんのための乾杯だと思っているのだ。彼らの結婚への乾杯なのに、何を呑気にジュースなんか飲んでいるのだろう。

「綺麗ですね……」

不意に話しかけられて、尚吾は頷いた。

「海がこんなに綺麗だなんて思わなかった」

くすっと笑われて、尚吾は孝也のほうに視線を向けた。気がつかなかったが、彼は海ではなく、尚吾の顔をじっと見つめていたのだ。どんな言葉を返していいか判らなくなり、尚吾の頬はたちまち熱くなる。

「そう。君のことです。綺麗な上に可愛い。どうして君はそんなに可愛いんだろう」

うっとりとした口調で囁かれて、尚吾はますます顔を赤くする。どうしたらいいだろう。孝也がこんな甘い声で囁くなんて知らなかった。

尚吾には嫌味ばかり言うのに。真由奈にだけは優しいのだ。

もちろん、それは仕方ないことだ。真由奈は彼の新妻だ。尚吾なんて、彼にしてみれば、真由奈にいつまでもくっついている邪魔なこぶに過ぎない。たった一人の弟なのに、結婚式にも呼ばなかったところを見ると、よほど邪魔なのだろう。

「でも、化粧を落としたほうがもっと可愛い」

それは、早く化粧を落とせという意味だろうか。だが、素顔だと、尚吾と見破られる確率は高くなる。

もちろん、早く告白したほうがいいに決まっているが、なかなか決心がつかなかった。

やっと決心して口を開こうとする度に、孝也が喋るからだ。

「もうシャワーを浴びてもいいんですよ。昼間からベッドに入ったとしても、咎《とが》める人は誰もいない」

昼間からベッド……。

自分と彼がベッドの中にいるところを想像して、そんなことを思い浮かべた自分自身に狼狽《ろうばい》してしまう。

「赤くなってますね。何を考えているのかな？」

彼に手を取られて、身体がビクッと震えた。彼の手が妙に熱く感じる。彼は尚吾の手を自分の口元に持っていき、指先に口づけをする。ゾクッと背筋を何か奇妙な感覚が走った。

尚吾は慌てて手を引き抜こうとしたが、逆に引っ張られる。

「こっちへおいで」

「こっちって……」

孝也は自分の膝を叩いた。彼は膝の上に乗れと言っているのだ。そんな真似ができるはずがない。けれども、頭の中でその姿を想像してしまい、頬が上気する。

「そんなこと、しません！」

真由奈と彼はすでに膝の上に乗るような仲なのだろう。尚吾はその想像を振り払うように、頭を左右に振った。

「私達は二人きりで新婚なんですよ。誰に見られるわけでもないのに、恥ずかしいんですか？」

孝也は笑みを浮かべ、立ち上がったかと思うと、尚吾を引き寄せて抱き締めてきた。

「な、何……？」

あまり近づくと、自分が男だとバレる可能性が高くなる。とにかく、体型も違うし、真由奈そっくりであっても、厳密に言えば違うところもある。至近距離で見つめられると、その違いが判るかもしれない。

ああ、どうせ、本当のことを白状しないわけにはいかないのに！

けれども、間近で彼にじっと見つめられて、これほど心臓がドキドキしているのに、尚吾は自分が何者であるのか、打ち明けることができなかった。

今まで気づかなかったが、彼の瞳はとても綺麗だった。子供のように澄んだ目というわけではなかったが、尚吾を見つめる目はきらきらと光っている。

いや、違う。尚吾ではなく、愛する真由奈を見ているつもりなのだ、彼は。

尚吾の胸に何か棘《とげ》のようなものがちくりと刺さったような気がした。孝也は尚吾にこんな視線を向けてきたことはない。当たり前のことかもしれないが、その事実が尚吾を落ち込ませていた。

彼の顔が近づいてくる。尚吾は何故だか自然と目を閉じていた。何をされるのか判っているのに、どうして目を閉じたのか、自分でも判らない。

柔らかい唇が自分の唇にそっと触れる。

ああ、また……。

身体がゾクゾクしてくる。これは悪寒だろうか。いや、それとは違うような気もする。なんだか判らないが、とにかく自分の肉体が変な反応をしていることだけは判った。

思えば、最初にキスしたときも、こうだった。彼のキスは自分に何やら不可解な感覚をもたらすようだった。

彼が舌を差し込んでくる。

「ん……」

彼の舌なんて追い返してしまいたい。そう思ったのに、たちまちからめとられて、身動きもできなくなる。ただ、自分の鼓動が妙に速くなっていて、ひどく動揺しているのが判った。

彼の舌の動きがリアルに感じられる。まるで、自分の舌もそれに呼応するかのように動いている。そんなことをしてはいけないと思うのに、何故だかその衝動を止められない。

気がつくと、身体が熱くなりかけていて……。

尚吾ははっとして身体を離した。

いつの間にか孝也の背中に手を回していた。これは、とんでもないことだ。おまけに、下半身は熱を持ち始めていた。完全に反応していなかったからよかったようなものの、尚吾は自己嫌悪に陥った。

男にキスされて、勃《た》ちかけたなんて……。

しかも、相手は姉の夫だ。最悪じゃないか。

そんな相手に感じる自分が恐ろしい。誰が相手でも、キスすると気持ちよくなるものなのだろうか。いや、そんなはずはない。今のは何かの間違いだ。

孝也は尚吾の顔を見下ろして、くすっと笑った。

「日が落ちてないから、ダメですか?」

「そ、そう……。その……夕食を作ろうかと思うんだけど」

他に誰もいない無人島なら、食事は自分で作らなくてはならない。そのための食材や調味料や調理器具は揃っているようだったから、さっさと作ってしまったほうがいい。

自分が尚吾だと明かすなら、彼が満腹のときがいいだろう。空腹だと、余計に怒りっぽくなるものだから。

今のキスはするべきではなかった。実は真由奈でないのにおとなしくキスをされていたと判れば、余計に非難されるに違いない。結婚式はまだしも、今のは決して不可抗力ではなかったし、抵抗しようと思えばできた。ウィッグを取って、自分は尚吾だと宣言すればよかったのだから。

それを、何故かキスに応えてしまった。そんな自分が自分で理解できない。

孝也は目を細めて、尚吾を見つめてきた。

「料理はできるのですか？」

「もちろん」

自信満々に答えてから、気がついた。真由奈は料理があまり得意なほうではなかった。もちろん、作るには作るが、はっきり言うと下手《へた》だった。それで、おいしい料理を食べたいばかりに、尚吾はいつしか自分で作るようになっていたのだ。

とはいえ、どうせ自分が尚吾だということは、告白せざるを得ない。無人島にハネムーンで来ているのに、身体に触れさせないなんてことは、絶対無理だからだ。それなら、料理を作ったところで構わないだろう。どのみち、御曹司の孝也が作れると思えない。

「それなら、君が料理するところを見ていていいですか？」

「えっ、でも、退屈なんじゃ……」

「いいえ。ぜひ見ていたいです」

料理しているところを孝也にじっと見つめられるなんて、あまり嬉しいことではない。なんとなく緊張するからだ。しかし、断るほどのことではないと思う。

「じゃ……お好きにどうぞ」

尚吾は飲みかけのジュースを飲み干してしまうと、彼の分のグラスも持って、キッチンへと移動する。その後を孝也がついてきた。

彼の存在を意識しすぎかもしれないが、なんだか息苦しい。キッチンには新しい真っ白なエプロンが用意されてあり、尚吾はそれを手に取って身につけた。

それを見つめる孝也の目がやけに輝いていて、尚吾は居心地が悪くて仕方がなかった。


冷蔵庫やパントリーにあった食材を適当に組み合わせて、料理を作った。オリーブオイルで炒めた野菜を添えた地中海風の魚料理に、カッテージチーズを加えたミモザサラダ。スープは市販のものだが、それ以外はかなり頑張って豪華な料理にしている。少しでも、この後に訪れるだろう彼の怒りをなんとか和らげたい一心だった。

孝也はワインセラーから白ワインを出した。それをグラスに注いでくれたのも、彼だった。

「ハネムーン先で新妻の手作り料理を楽しめる男は、そんなにいないでしょうね」

ホテルに泊まるなら、そんなことはないだろう。第一、疲れているから、普通の女性なら料理なんてしたがらないと思う。少なくとも、真由奈はそういう女性のひとりだった。

二人は向かい合わせに食卓に着いた。孝也はとても機嫌がよさそうだった。ワイングラスを持ち、尚吾にも持つように言う。

「君と私の……これからに乾杯しましょう」

これからって……なんだ？

この場合、二人の結婚に乾杯、とかじゃないだろうか。孝也の曖昧《あいまい》な言葉に首をかしげながらも、尚吾は彼の指示に従い、グラスを触れ合わせてワインを口にした。

喉が渇いていたせいか、冷えたワインはおいしかった。尚吾はあまりアルコールを飲まない。まだ二十歳だということもあるが、アルコールをおいしいとは、さほど思わないからだ。付き合いでビールを飲むこともあるものの、それくらいだった。

料理は自分で食べても、かなりおいしい。じっと孝也に見つめられていて、手が震えそうになったわりには、いい出来だと思う。

孝也は料理を口に入れると、にっこりと笑った。

「君の料理の腕は一級品ですよ」

それは褒《ほ》めすぎだが、褒められて悪い気はしない。自分がおいしいものを好きだということもあったが、真由奈がおいしいと褒めてくれることがいつも嬉しかった。祖父は何を食べても、特に感想もなかった。が、おいしくないわけではなく、食事などというものに重きを置いてなかったからなのだ。よくも悪くも浮世離れした人だった。

孝也も尚吾も気分がよくなり、食事中は和気藹々《わきあいあい》と過ごした。

食べ終わった後は、孝也が食器を食洗機に入れて、キッチン周りを綺麗にしてくれた。

彼がそんな細かいことに気を回してくれるとは思わなくて、尚吾は驚いた。大金持ちの御曹司という肩書きで、自分は少し色眼鏡で彼を見過ぎていたのかもしれない。

苦労知らずで、自分では何もできない。他人を見下す気障な男。そう思っていたのに、それだけではない面も見てしまった。

いや、そんなに簡単に彼のことを信じてはいけない。今まで受けた屈辱や嫌味を思い出せ。彼は尚吾の顔を見る度に、いつもちょっかいをかけずにいられないようだった。

そうだ。こいつはやな男だ！

そんなことを考えているうちに、孝也は後片付けを終えて、濡れた手をタオルで拭いていた。くるりと振り向いて、尚吾のほうを見る。何故だか全身を見られたような気がする。

「さて……。そろそろシャワーでも浴びたらどうですか？　今日のところは一緒に浴びようとは言いませんから、どうぞお先に」

彼はさらりとゾッとするようなことを言った。もちろん、尚吾に向けて言ったのではなく、真由奈に向けて言ったつもりなのだ。新婚だから、一緒にシャワーを浴びようが何をしようが、彼らの勝手だ。とはいえ、尚吾はなんとなく複雑な気持ちがして、胸の中がもやもやとした。

そんなことより、満腹になったから、そろそろ真実を彼に告げなくてはならない。意を決して、尚吾はすっと息を吸い込み、口を開いた。

「あ、あの……。それより、実は話しておきたいことが……」

孝也は眉をひそめた。

「それなら、顔を洗ってくるといい。それから、ゆっくり聞きましょう。洗面室にアメニティが揃っていますから」

どうして話をする前に、顔を洗えと言っているのだろう。意味が判らないが、ひょっとしたら化粧が崩れているのかもしれない。それで、みっともないから顔を洗えと言っているのかもしれなかった。

尚吾は洗面室に行き、鏡で自分の顔を見た。それほど崩れているようには見えないが、さすがに朝とは違う。疲れも感じられる。自分を守るためには化粧をしておきたかったが、もうすぐ真実を告げるのだ。素顔のほうがいいに違いない。

ウィッグを取ると、短い髪が現れた。ずっと暑かったから、やはりウィッグなしのほうがいい。化粧を落として、顔を洗い、気持ちがすっきりした。このまま洗面室を出れば、話は簡単かもしれないが、とりあえず一旦、ウィッグをまたかぶった。

キッチンやダイニング、リビングには誰もいなかった。

「孝也さん……？」

「私は寝室にいますよ」

寝室……。

一瞬、ドキッとしたが、寝室では何も起こらないだろう。何故なら、自分は真由奈ではないからだ。

尚吾は決然と寝室に向かった。ドアを開けると、孝也は大きなダブルベッドに腰かけて、寛いでいた。彼は食事をする前から上着を脱ぎ、ネクタイを外していた。後片付けをするためにカフスボタンも外していて、今はラフな印象さえある。

「ここへどうぞ」

彼は自分の隣を叩いた。二人でベッドに並んで座るのか。あまり嬉しくないが、話が終われば、きっと孝也も同じように感じるだろう。

仕方なく、尚吾は隣に腰を下ろした。孝也から少し離れて。

「えっと……それで、話というのは……」

孝也は尚吾の腰を抱いて、自分のほうに引き寄せた。

「あ……だから、話を先にさせて」

「どうぞ。話をしてください」

孝也はそう言いながらも、今度は肩を抱いてくる。身体が何故だかビクンと震えた。

「あ、あの……実は……その……」

「実は？　何かな？　何か秘密を教えてくれるんでしょうか？」

孝也のもう片方の手がワンピースの裾を弄《いじ》っている。その手がすっと奥のほうに差し込まれるだけで、すべての秘密がバレてしまう。尚吾は緊張しながらも、まだ肝心なことを口にできなかった。

彼の反応が怖い。きっと怒り出すに決まっている。どれほど侮辱されるだろう。尚吾は何よりそれが嫌だったのだ。

「あ……っ」

彼の手は布ではなく、その下の太腿《ふともも》を撫《な》でている。

「や……やめて」

「どうして？　君は私の妻なんですよ」

「でも……っ」

「君はもう私のものなんです」

孝也は肩をぐいと引き寄せ、唇を塞いできた。それもひどく切羽詰《せっぱつま》った感じのするキスで、尚吾は驚いていた。今まで我慢していたのかもしれないが、それが一気に弾けて貪るようなキスをされて、尚吾は呆然としていた。

こんな……こんなキス、初めて……。

そもそも、尚吾は孝也にしかキスをされたことがない。それでも、彼がこれほど大胆なキスをしてくるとは思わなかったのだ。

舌はもちろん絡んでいる。だが、それだけではない。蹂躙《じゅうりん》されているといったほうが早いかもしれない。とにかく、尚吾はキスだけで自分のすべてが奪われたような、そんな錯覚を覚えた。

同時に、彼の手が尚吾の身体を這《は》い回っている。

ダメ……ダメだ。彼に身体を触らせては。

霞《かすみ》がかかったようにぼんやりしていた尚吾の頭の中に、危険信号が点滅した。慌てて彼の身体を押しやろうとしたが、びくともしない。

そんな……！

体格が違うのは判っていたが、自分の力がそれほど弱いとは思ってもみなかった。彼だって、それほどたくましいわけでもない。そう思うのに、力では敵《かな》わなかった。

口づけはますます激しくなってくる。いつしか、尚吾の身体はベッドに横倒しにされていた。ベッドの上でもがいて、なんとか起き上がろうと努力したが、それでも、どうにもならない。

離れた唇はまた塞がれる。まるで何も言うなと言われているようでもあった。だが、そういうわけにはいかないのだ。尚吾は焦っていたが、別の意味でも焦る理由があった。

下半身が……股間が硬くなってしまっている。

自分でも信じられない。というより、信じたくないが、孝也にキスされていると、もう身体のほうが勝手に反応してしまうのだ。どうかしているとしか思えないが、紛れもない真実だった。

孝也は服の上から腰の辺りを撫でていたが、いきなりワンピースの裾の後ろをめくると、下着の上からお尻を撫でてきた。尚吾は女の子のお尻なんて触ったことはないが、それでも、きっと違いはあると思う。彼が何か言い出すかと、身体を強張らせて怒声を待っていた。しかし、彼は夢中になりすぎているのか、気づいていないようで、お尻を撫で続けている。

ああ、だけど……。

このままにしておくわけにはいかない。とにかく、早く自分が尚吾であることを知らせないと……。

尚吾はキスに酔いながらも、必死で腕を突っぱねて、彼から遠ざかろうとした。すると、彼は下着の中に手を入れてきてしまった。

直にお尻に触れられている。自分のお尻を我が物顔で触れているのは、孝也の大きな手なのだ。そう思うと、何故だか身体全体に痺《しび》れのようなものを感じた。

全身の力が抜けてしまったようだった。どうして、こんな行為に自分が興奮しているのか判らない。けれども、もう、どうにもならないくらい、身体が熱くなっていた。

お尻の割れ目に彼の指が忍び込む。蕾《つぼみ》を探り当てて、そこを指先で撫でられた。身体がビクビクと震える。

こんなこと……。

変だ。すごく変だ。

下着に手を入れておいて、こんな場所に触れている孝也も、触れられて身体を震わせている自分も。

そのうち、指がそこに押しつけられた。

「んっ……あっ……」

いつの間にか唇は離れている。けれども、あまりのことに、意味のある言葉を口にすることができなかった。

指が……。

オレの中に入ってきてる……！

信じられなかった。何故、こんなことをするのだろう。しかし、入ってきた指が抜き差しされて、尚吾は身体を強張らせた。

「あっ……あっ……ああっ」

指を動かされると、何故だか股間《こかん》の前のほうへと刺激が伝わっていく。感覚が繋がっているのだろうか。いっそ勃ち上がっている部分を自分で触ってしまいたい衝動にかられた。

そんなことはできない。彼の前では。

けれども、身体はもう後戻りが不可能なほど燃え上がっている。助けを求めたくて、衝動的に、尚吾は彼の腕を掴んだ。

「気持ちいいんですか？」

「うん……」

ごく自然に肯定した。

「たまらないんですね？」

尚吾はこれにも頷いた。嘘なんかつけない。尚吾は自分の腰がひとりでに揺れていることに気がついた。

欲望は膨《ふく》れ上がっている。これをどうしたらいいのか判らない。それより、彼から離れなくてはいけないのに！

ふと、尚吾の股間のものが大きな手で包み込まれる。欲しかったものが現れて、一瞬ほっとしたが、その手の持ち主のことを思い出して、身体を強張らせた。

目を開けると、孝也の笑みを浮かべた顔があった。

「こんなものがあるのは、どうしてでしょうね？」

「あ……あの……」

「いつまで嘘をつき続けるつもりでしたか？　尚吾君？」

彼はとっくに気づいていたのだ。尚吾は顔がカッと熱くなった。

「いつから気がついてた……？」

「そうですね。抱き合ってキスして……ここが私の身体に触れてから……かな」

それなのに、彼は黙ってキスをし続けて、しかも、あらぬところに指を挿入したのだ。

いや、今だって、彼の指はそのままだった。こんなときなのに、尚吾の身体もまだ痺れている状態だ。

「さあ、どうして君はお姉さんのふりをして、ここにいるんでしょう？」

孝也はそう言うと、尚吾を責めるように指を動かした。

「あっ……あ……姉ちゃんが旅行するから……結婚式には間に合わないって……。だから、オレに代役をしてほしいって……」

「それで……君は私を騙した？」

「騙したくて騙したわけじゃないってば！　でも……ああっ……ちょっ……やめてく……れっ！」

思わず悲鳴のような声を上げてしまった。彼の指が更に奥のほうへと大胆に入ってきたからだ。

「抜いて……っ……こんな……」

「君が本当のことを言うまでダメです」

彼は非情だった。口元には笑みを浮かべているが、本当は激怒しているに違いない。そうでなければ、こんな意地悪なことをするとは思えない。

「本当だって……。でも、ごめん……なさい。姉ちゃんとは、空港で入れ替わるつもりだったのに来ないし……」

「本当にそうですか？　君はお姉さんの代わりに初夜の相手まで務めるつもりだったのでは？」

「まさか！　でも、姉ちゃんは沖縄まで来るって言ってたし……入れ替わるチャンスはあるって思ったら……ああん」

孝也の手が股間の敏感な部分を指先で弄った。小さすぎる下着から、硬くなったものは飛び出してしまっている。

「君のお姉さんはよほど私を馬鹿にしたいようですね。それから、君も……」

「違う！　姉ちゃんは……あんたのこと……あ、あ、愛してるって言ってたし……」

愛してるなんて言葉は、今まで口にしたことがない。自分が言ったわけでもない言葉でも、なんとなく恥ずかしい。

「それなら、旅行なんて取りやめにして、結婚式に出るでしょう？　それなのに、弟に代役させるなんて、一体どういうつもりなんだか」

確かに尚吾もそう思う。どんな女なんだと思われても仕方がない。しかし、尚吾は彼女を庇《かば》わなくてはいけなかった。

「ごめんっ。ごめんなさい！　オレにその……何か償いができるなら、なんでもするから！」

孝也に馬鹿にされてもいい。軽蔑されて、奴隷《どれい》のような扱いをされたとしても、真由奈のことは許してもらわなくてはいけなかった。

「償い……？　そうですね。君がお姉さんの代わりに償いをしてくれると言うなら、許してあげなくもないです」

微妙な言い回しではあったが、とにかく償いをすれば、真由奈は許してもらえるかもしれないのだ。そこに、尚吾は希望を抱いた。

「本当になんでもしますか？」

孝也の目は何か企んでいるかのように光った。いや、気のせいだろう。それに、彼の言葉を疑っている場合ではない。尚吾は彼に許してもらわなくてはいけなかった。

「なんでもする！　絶対！」

尚吾はきっぱりと言い切った。男に二言はない。女装が似合っていても、自分は男だ。孝也がどんな惨《みじ》めなことを要求しても、耐えてみせる。

「判りました」

孝也はにやりと笑うと、章吾の中に埋めていた指をゆっくりと引き抜いた。引き抜く寸前に、尚吾はブルッと身体を震わせた。そこに性感帯があるとは認めたくないが、指の刺激は強かった。

「さあ、お姉さんの服を脱いで、君のみっともない格好を見せてもらえますか？」

みっともない格好と言われて、ズキンと胸が痛んだが、確かにみっともないのだ。尚吾は黙ってワンピースを脱いだ。すっかり位置がずれて、パットが飛び出しているブラを見て、孝也は笑った。

「それは君の趣味ですか？」

「違う！　姉ちゃんがつけろって……」

「君はお姉さんが望むなら、なんでもするんですか？　それもこれも全部？」

孝也は指でコルセットや小さな下着、そして、ガーターベルトで吊るされているストッキングを指差した。

「なんでもってわけじゃないけど……」

実際、真由奈の言いなりだった。だが、別に趣味ではない。彼女に逆らえなかっただけだ。

「さあ、君に必要じゃないものは取り去ってしまいなさい」

侮蔑を込めた口調で言われて、尚吾は自分の趣味でこんなものを身につけていると思われていることに気づいた。文句を言いたいが、真由奈のために耐えるしかない。

ああ、だから、身代わりなんて嫌だったんだよ！

黙って、ウィッグを頭から取り去り、ブラとコルセットを外した。長い間、締めつけられていたものから解放されて、尚吾は大きく息をつく。

「小さな下着ですね。すっかり、はみ出している……」

彼は下着に収まりきらずに顔を出している股間のものに触れた。ビクッと身体が揺れてしまい、孝也に笑われる。

「わざわざ紐《ひも》がついている。新婚向けの下着という感じですね」

孝也が腰の紐を解くと、下着は簡単に取り去られた。男同士であっても、こんな状況で裸をじろじろと見られることは恥ずかしくて仕方がない。

尚吾は唇を噛《か》んで、ガーターベルトを外そうとした。

「それはそのままでいいですよ。せっかくですから」

「でも……」

「いいんです。なかなか……そそりますから」

何がそそると言うのだろう。尚吾はまったく判らなかった。

「じゃあ……これから何をすればいい？」

尚吾は緊張しながら、彼の指示を待った。この格好で踊れと言われても、そうするつもりだった。とにかく、彼の怒りを鎮めなくてはいけない。

「そうですね……」

孝也はにやにやと尚吾の硬くなっている股間を眺めた。

「初夜ですからね。私の相手をしてもらいましょう」

「え……」

尚吾は自分の聞き違いかと思った。初夜とは花婿が花嫁を抱くと決まっている。だが、今ここに花婿はいるが、花嫁はいない。偽物の花嫁がいるだけだった。

「え……と、なんの相手？」

意味が判らずに尋ねた。

「もちろん……」

孝也は尚吾の膝の裏に手を入れて抱き上げると、そのままベッドの中央に身体を運んだ。そして、尚吾の身体を押さえつけるようにしてのしかかる。

「……セックスですよ」

「じょ、冗談だろっ」

いくらなんでも、孝也がそんな真似をするはずがない。これは、自分を懲《こ》らしめるために言っているに違いなかった。

「ところが、そうじゃないんです。君はなかなか色っぽかった。私は君の悶《もだ》える声を聞いて、勃ってしまったんですよ」

尚吾はギョッとして、彼の股間を見た。確かに膨らんでいる。彼があまりに冷静だったから、そんなことになっているとは思いもしなかった。

「でっ、でもっ……無理！　できるわけないし！」

「どうして無理だと判るんです？　君は……指を入れられただけで、あんなに喘《あえ》いでいたのに？」

尚吾はそれを指摘されて、顔を真っ赤にした。

気持ちいいと訊《き》かれて、頷いたのだ。しかも、たまらない、とまで……。

「だって……あんたは嫌だろ？　オレは男なんだから」

「構わないと言ったら？」

孝也は相変わらず笑みを浮かべている。いや、これは絶対、騙した尚吾を懲らしめるために、こんなことを言っているのだ。本気であるはずがない。

それなら、それで、彼とのセックスを恐れていないふりをしたほうがいい。最終的に、彼はできないに決まっているのだから。勃ったのは、きっと何かの間違いに決まっている。

もちろん、尚吾が反応したのも、同じことだ。

「じゃ、じゃあ……オレは何をすればいい？」

尚吾は視線を逸らしながら、尋ねた。だが、孝也に顎を掴まれて、無理やり目を合わせられる。彼はとても楽しそうに笑みを浮かべていた。初夜に花嫁が入れ替わって、男に

い身体を何かの方法で癒《いや》してほしいと思った。

孝也は彼の肩を撫で、それから腕を撫でていく。とても優しい触れ方で、尚吾は何故だかそれが嬉しかった。

優しくされるのは好きだ。孝也にはいつも意地悪なことばかり言われてきて、傷つくこともたくさんあった。彼が真由奈ばかりに優しくすることが、気に食わなかったのだ。

今だけは……真由奈の代わりでもいい。彼に優しくされたい。

そんな想いが胸に溢れてきた。

孝也は唇を離すと、もう一度、名残惜《なごりお》しげに軽くキスすると、耳の下から首に沿って唇を滑らせた。

彼の唇の感触はなんて気持ちいいのだろう。尚吾はうっとりした。こんな気持ちになったのは、初めてだった。

孝也は尚吾の胸を撫でた。掌《てのひら》でくるりと撫で回し、それから指先で乳首に触れてくる。

「あ……」

「感じますか?」

ほんの少し触れられただけで、身体に衝撃が走ったが、尚吾は慌てて首を横に振った。

そんなところを触られて、感じるはずがない。胸が感じるのは、女だけだと思ったからだ。

「じゃあ……こんなことをしても?」

孝也は身体をずらすと、乳首にそっとキスをしてきた。途端《とたん》に、身体がビクンと震える。

「……や……やだっ！」

「感じないんでしょう？　それなら、別にいいじゃありませんか」

孝也は章吾の反応を無視して、乳首に優しく舌を這わせた。

「あっ……やっ……」

尚吾は自分の身体の衝動を抑えられなかった。ビクビクと震えている。自分のそんなところが敏感だなんて、今までまったく知らなかった。

こんなふうに感じているところを、孝也には見られたくなかった。自分の大事な秘密を洗いざらい曝《さら》しているような気がするからだ。こうして全裸になっているだけでも、心もとない気がするのに、何もかも曝け出すなんて、ある意味、それは恐ろしいことだった。

女のように胸で感じる尚吾のことを、孝也は嘲笑《あざわら》っているのかもしれない。そう思うと、なんだか悲しかった。

けれども、乳首を温かな舌で舐《な》められる度に、身体は反応を返している。こんな自分を、本当は見せたくない。見られたくない。

彼はもう片方の乳首を指で撫でていく。ゆっくりと焦《じ》らすように。

恥ずかしいのに、彼はじっくりと尚吾の胸を愛撫《あいぶ》していた。そんなことをされると、彼が好きなのは、本当は真由奈ではなく、自分だという気がしてしまって……。

いや、そんなことはない。真由奈の代わりに、彼は尚吾を抱こうとしているだけだ。初夜に花嫁がいないから、その代理で我慢しようとしているだけなのだ。

そう思うのに、身体は勘違いしているかのように、彼の愛撫に応えている。彼の舌はなんて温かくて柔らかなのだろう。尚吾は快感を得ると同時に、苦しくて仕方がなかった。感じすぎているからだ。

「あっ……もうっ……ああ」

自分が何を口走っているのかも、よく判らない。熱が身体の中に渦巻いていて、尚吾は両手でぎゅっとシーツを掴んだ。

「もう……やめて……やめっ……」

本当に感極まってしまっている。孝也の頭を退かせばいいのかもしれないが、それをするには、快感の虜《とりこ》になりすぎている。彼の舌や唇をもっと感じていたい。快感をぎりぎりまで貪っていたいのだ。

尚吾は彼の身体に自分の股間を擦りつけた。すすり泣くような声が口から洩《も》れる。

ああ、もっと……もっと……！

いつしか、尚吾は股間を擦りつける動作をやめられなくなっていた。孝也の手が尚吾の身体を押さえつけていたが、いよいよ耐えられなくなって、尚吾は上半身をぐっと反らした。

途端に、全身を熱いものが走り抜けていった。

尚吾はシーツを掴んだまま、弓なりになった状態でしばらく股間を彼の身体に押しつけていた。乳首の愛撫だけで達してしまって、当然、羞恥心《しゅうちしん》に襲われるはずだった。しかし、尚吾の中には深い満足感しかなかった。

孝也はそっと身体を離した。彼の白いシャツは尚吾が放ったもので汚れている。

「おやおや」

彼は軽い調子でそう言うと、シャツを脱ぎ去った。滑らかな肌やほどよくついた筋肉を、尚吾はぼんやりと眺めた。

「ごめん……」

感じすぎて、何か言うのも億劫《おっくう》だったが、それでも彼のシャツを台無しにしたことは、謝らなくてはならない。

「いいえ。君がこれほど感じてくれるなら、大したことではありません」

孝也は意外にも怒ってはいなかった。それどころか、妙に嬉しそうにも見える。彼はそっと指先で尚吾の股間のものに触れた。達したばかりで、もう萎えてしまっている。

「汚れてますね。綺麗にしてあげましょうか?」

彼は先端部分を指でつつく。達したばかりなのに、尚吾の身体はピクッと動いた。

「綺麗に……?」

「そう。綺麗にしてあげますよ。隅々まで」

孝也は身を屈めると、精液で汚れた下腹に舌を這わせた。大きすぎる快感にぼんやりしていた尚吾だったが、さすがに自分がされていることにハッと気がついた。

「ダメだっ。……そんなこと……！」

「何故です？」

孝也は顔を上げて尋ねた。

「だ、だって……汚いから」

自分が放った精液を舐められている。それがとてつもなく恥ずかしかった。

「汚くなんかありません。こうすると……」

孝也は舌でまた舐めとる。

「……興奮してくるんです」

「こ、興奮って？　その……」

頭が混乱してくる。孝也は見かけより、ずっと異常者なのかもしれない。そんなものを舐めて、どうして興奮できるのだろうか。

「だって、私が君を興奮させて、こうなったんですからね」

彼が口にする理由は、さっぱり判らない。判ることは、尚吾の精液を彼が喜んで舐めているということだけだった。

孝也の舌は、尚吾の性器にも及んだ。先端を丁寧に舐めている。達した後とはいえ、そんなことをされると、また身体の中が妖しくざわめいてくる。

尚吾は腰を揺らした。彼の舌はまるで魔法の舌だった。少し舐めただけで、尚吾の身体を高めることができる。男相手に何をやっているんだと思いながらも、尚吾は次第に我慢ができなくなってくる。

身体のざわめきは大きくなり、それが快感へと繋がっていく。萎えていたはずのものは、立派にまた膨らんでしまっていた。

孝也はそれを間近で眺めて、笑みを浮かべた。

「わ、笑うなよ。あんたのせいなんだから！」

「そうですね。私のせいです」

うっとりしたような笑みを見せたまま、孝也はそれを柔らかく握った。そして、その手を上下に動かした。

「あっ……やめろって」

「どうして、やめなくてはいけないんです？」

「だって……ああっ……またイッちゃいそうで……」

孝也はふふっと笑い声を立てた。

「イッちゃいそう、ですか。イッちゃえばいいじゃないですか」

「でも……」

「恥ずかしい？　乳首を責められただけでイッたのに、今更でしょう？」

孝也は硬くなったものを手で支えながら、先端を口に含んだ。尚吾はそれを見ていて、息を呑んだ。

「あ……やだ……」

本心から嫌だと思っているわけではない。気持ちよすぎるくらいの感覚を味わってしまっている。尚吾はもっと気持ちよくなりたいと思いつつも、孝也にそれを求めることが怖かった。

自分自身が孝也に侵食されてしまうような気がしたからだ。すべて、彼の思いどおりになってしまっている。彼がしたいことをするのは、まだいい。それによって、自分が感じていることのほうが怖いのだ。

何か大きなものに呑み込まれているような気がする。初めての性体験の相手が孝也でいいのだろうか。というか、男でいいのか。こんなことをした後、自分はこれからまともなセックスができるのか。いろいろ考えたら、怖くて仕方がない。

だって、これ以上に気持ちいいことをされたら……。

できれば感じたくない。だが、どうしようもなかった。自分の身体の反応は止められなかった。感じまいとして、それをコントロールすることなんて不可能だった。

孝也の舌使いは巧みだった。尚吾の硬くなったものを口に含みながら、舌で愛撫してくる。その唇の吸いつくような感覚も、たまらなかった。

腰がひとりでに動いていく。そうせずにはいられない。どうしようもない衝動が、尚吾を襲っていた。

「た……孝也さんっ……」

上擦《うわず》った声を出しているのは、自分が止められなくなっているからだ。このままだと、本当にまた達してしまう。彼の口の中で放ってしまうだろう。それが判っていて、止めないわけにはいかなかった。

彼はおいしそうに尚吾の精液を舐めていたが、いくらなんでも、口の中で出されていい気はしないに決まっている。

尚吾はなんとかしたかった。が、孝也は強引だった。尚吾の身体が痺れてしまって、イキそうになる直前まで、口を離さなかった。

「あ……はぁ……あ……」

今度はいきなり離されて、それはそれでたまらなかった。今にもイキそうだったのに、途中で放り出されたのだから。

身体が震えている。限界まで感じていたのだ。無理もない。

孝也はそんな尚吾を見て、にやりと笑った。

「私が憎いでしょうね？」

「な、なんで……こんな……」

「君が次にイクときは、私と一緒がいいからです」

尚吾はそれを聞いて、顔を引き攣《ひ》《つ》らせた。本気で彼は自分を抱きたいのだろうか。

孝也はストッキングに包まれた尚吾の両脚を大きく開かせた。尚吾の脚は震えている。

「さあ、君の大事なところを見せてもらいましょうか」

両脚を押し上げられる。彼の目には何もかもが曝け出されている。そう思うと、尚吾は恥ずかしくて仕方がなかった。

「綺麗ですね……。そして、とても可愛い」

「どこ見て、言ってんだよ！」

「私の指をくわえていたところですよ」

彼はわざと侮辱するような口調で言うと、ゆっくりとそこに顔を近づけてきた。彼の息がその部分にかかる。

「や……やめろっ……」

孝也が何をしようとしているのかが判って、尚吾は抵抗した。といっても、両脚を押さえられているので、身体をくねらせることしかできなかったが。

孝也の舌が蕾に這わせられる。信じられない。触るだけでなく、そんな部分まで舐めるなんて……！

とても現実のこととは思えなかった。しかし、紛れもなく、これは現実だった。孝也の舌の感触が確かにある。彼は嬉々として、その部分を舐めているのだ。尚吾は衝撃を覚えるのと同時に、快感に襲われた。

ああ、感じたくなんかないのに……。

だが、身体は言うことを聞かない。感じまいと思ったところで、感じてしまうものはどうしようもなかった。必死で彼の舌から逃れようとするが、それも虚しい努力となる。彼はがっちりと両脚を押さえられているからだ。

「あっ……んっ……んっ……」

口を引き結んだところで、まったく意味はない。それに、ここは無人島だ。どんなに喘いで、叫んだところで、孝也以外の誰にも聞こえないのだ。

「やっ……やあっ……ああっ」

尚吾は必死で頭を左右に振った。感じすぎて苦しい。どうして、自分の身体は孝也の愛撫に弱いのだろう。彼に触れられるだけでも感じるのに、舐められたら、もう太刀打ちができない。

しかも、尚吾はそのうちに外側を舐められるだけでは、物足りなくなってくる。さっきみたいに指を挿入してくれたら、もっと気持ちいいのにと思ってしまうのだ。

あの快感を知ってしまった今では、もう後戻りはできない。彼の指が欲しい。奥までぐっと挿入してほしかった。

そして、それから……。

不意に、孝也が顔を上げた。目が合い、尚吾の胸はドキンと高鳴る。彼の瞳はとても色っぽく、きらめいていたからだ。

「指、入れてもらいたいんじゃないですか？」

図星だった。しかし、それを認めるわけにはいかない。

「そ、そんなこと……オレは……」

「じゃあ、放っておいてもいいんですね？　君がしてほしいって言わなきゃ、してあげませんよ」

そんな……。

口でそんなことを言っても、彼は指を挿入したいはずだ。尚吾をいじめたくて仕方がないのだから。

いや、いじめたいから、わざと挿入しないのかもしれない。彼は尚吾がそう望んでいることは、もうとっくに判っているのだ。ここで意地を張れば張るほど、苦しみは長引くだけだ。満たされぬ思いに、熱い身体を持て余して震えるだけなんて、真っ平だ。

指を入れてほしいなんて、自分から言うのは、プライドが許さない。だが、プライドより、今はただ欲望の解消を追求したかった。気持ちよくなりたい。その一心だったのだ。

こんなことを言わせる孝也が憎かった。尚吾は泣きたい気持ちで、口を開いた。

「指……入れて」

孝也は満足そうに笑った。

「素直なのが一番ですよ。君がそこまで言うなら、入れてあげましょうね」

彼の指がそっと中へと入ってくる。尚吾は思わず息をついた。

「そんなに締めつけるほど、これが好きですか？」

彼はまだ尚吾のプライドを踏《ふ》み躙《にじ》ろうとしている。悔しくてならないが、もっと彼には気持ちいいことをしてもらいたかった。

仕方なく、尚吾は頷いた。

「言ってごらんなさい。私の指が好きだって」

孝也は指を何度か抜き差しして、そこで止めた。つまり、ちゃんと言わなければ、気持ちよくしてあげないと言っているのだ。

「あんたの指が……好き」

尚吾は感情のこもらない平坦な声で呟いた。

「まあ、口にしなくても判ってますけどね。君はここに指を入れられるのが好きで、指を動かされるのはもっと好きなんです」

「あっ……あっ……」

　孝也の指が容赦なく動いていく。尚吾は思わず股間を押さえた。後ろを刺激されると、何故だか前の部分に刺激が伝わってきて、たまらない気持ちにさせられてしまう。

「手を離しなさい。自分のを弄っちゃダメです」

「だ……だって……」

「ダメと言ったら、ダメなんです。お仕置きされたいですか？」

　もちろん、お仕置きなんてされたくない。すでにこの行為がお仕置きなのに。

　尚吾は仕方なく手を離し、その代わりにシーツを掴んだ。気持ちよすぎて苦しいなんて、今までそんな感じ方をしたことはないのに、今日は何度でもそんな感覚を味わわせられてしまう。

　やがて、孝也は指を二本に増やした。その衝撃に一瞬イキそうになった。

「まだですよ……。まだイッてはダメです」

「でもっ……あん……あんっ……」

　感覚が高まり過ぎないように、孝也はゆっくりと指を動かした。尚吾の目尻からは涙が流れ出して、シーツに落ちる。もどかしくてならないからだ。もう達してしまいたいのに、それを直前ではぐらかされる。

　つらい。つらすぎる。

身体が最高に燃え上がっていた。全身が炎で満たされている。この欲望をどうやって満たしたらいいのだろう。

孝也はそっと指を引き抜いた。

「あ……そんな……っ」

もっとしてほしい。激しくしてほしくてたまらないのに、彼の指が出ていってしまった。

尚吾はたまらなくて、身体をくねらせた。

「大丈夫。もっといいものをあげますから」

「もっと……いいもの？」

尚吾は涙に濡れた目で孝也を見上げた。孝也は安心させるように優しく微笑んだ。その微笑みに、心が慰められる。

が、尚吾は一瞬にして、頬を引き攣らせた。

孝也がベルトを外し、ズボンと下着を脱いだからだ。もちろん、彼のものは興奮していて、立派に勃ち上がっていた。

その大きなものを、彼は平然として、尚吾の脚の間に押し当てた。

「ちょ……ちょっと……マジ？」

「何を驚いているんです？　セックスすると、最初から言ってあったでしょう？」

「でもっ……でも……」

孝也は両脚をがっちりと掴み、両脇に抱え上げた。指を挿入されていた部分に、しっかりとそれがあてがわれている。彼が少し力を入れるだけで、自分の身体は彼を受け入れてしまうだろう。

だが、尚吾は本気で孝也がそうするとは考えていなかったのだ。というより、現実のこととして考えられなかった。

真由奈と結婚した彼が、彼女の弟である自分を抱くなんて……。

ただの不倫より悪い。しかも、彼は結婚したばかりだ。快感に溺れていた自分がいけないのかもしれないが、それでも、今は正気に返っている。

「ダメだっ……姉ちゃんが……ぁっ」

「いいんですよ。今は忘れて」

「そんなぁ……あぁぁっ！」

ぐっと腰が押し進められる。先端が内部へと入っていった。

「無理……だって。入らない……っ」

いくらなんでも、大きすぎる。指とはまったく比べ物にならないからだ。尚吾は自分の身体が切り裂かれるような痛みを感じた。

「いた……痛い……あぁ……」

目をギュッと閉じる。あまりにも痛すぎる。

「力を抜きなさい。リラックスして」

こんなときにリラックスなんて、できるわけがない。孝也は容赦なく腰を進めていき、とうとう全部を収めきってしまった。

尚吾は呆然としながら、目を開けた。孝也と自分の身体の一部分は重なっている。彼のものが自分の中に入っていた。

尚吾の唇は震えた。自分の大事なものが奪われたような気がする。いや、もちろん女の子と違って、失うものなど持っていない。それでも、今までの自分ではいられないような、そんな気分だった。

孝也は尚吾の顔を見ながら、うっすらと笑った。

「君の中は最高です」

それは褒められているのだろうか。それとも、侮辱されているのか。尚吾には判らなかった。だが、次の瞬間、彼の手によって髪を優しく撫でられて、凌辱《りょうじょく》されたような気分はどこかに消えていった。

孝也の目はまっすぐ尚吾の目を覗き込んでいる。彼は微笑み、尚吾の目尻に溜《た》まった涙にそっとキスをした。

「大丈夫ですか？」

「うん……」

遅すぎた質問だったが、訊かれたことに対して、尚吾は子供のように頷いた。

彼は少し腰を動かした。すると、内部のものが動いていく。

えっ……なんだか変だ。

「あっ……ちょっ……」

尚吾は身体に感じる衝動に狼狽した。指よりずっと気持ちがいい。だが、それを認めたくなかった。

男の性器を入れられて、気持ちいいなんて……。

ここは嫌悪感を覚えるべきだろう！

そう思うのに、何故だか違う。彼がゆっくりと動く度に、尚吾の身体が感じるのは痛みではなく、快感だった。

「こんな……こんなことって……」

信じられない。挿入されていることも、それによって自分が快感を得ていることも。

尚吾は呆然としながら、孝也の腕を掴んだ。彼の身体が尚吾に近づいてくる。尚吾はいつしか彼の首に腕を回していた。ついでに、両脚は彼の腰に巻きついてしまっている。

「ああっ……あん……あっ……」

もう、何がなんだか判らない。ただ、快感の渦に呑み込まれてしまっている。頭の中にはそれしかないし、全身は熱いもので満たされていて、今にも弾けそうになっていた。

彼の動くスピードが次第に速くなっていく。少し乱暴かもしれないと思うくらい、激しく奥まで突かれて、尚吾はたまらず彼にぎゅっとしがみついた。

全身を衝撃が貫いていく。尚吾はぐっと身体に力を入れて、熱を放った。

「ああ……尚吾……！」

孝也の掠れた声が耳元で聞こえる。彼もまた身体を強張らせたかと思うと、尚吾の中で弾けた。

彼が動きを止めると、お互いの激しい鼓動が伝わってくる。尚吾は彼にしがみついたまま、肉体的な満足を覚えた。

彼の温もりが尚吾を包む。

取り返しがつかないことをしたと気づいたのは、彼が身体を離してからだった。


「信じられないくらい、とてもよかった。尚吾君……君もそうだったでしょう？」

孝也は二人の身体についた汚れを綺麗にしてから、改めてベッドに力なく横たわる尚吾を抱き締めてきた。悪趣味なガーターベルトが外され、ストッキングもやっと脱がせられている。

彼の温もりを感じて、尚吾は再び身体の内側が何か目覚めそうになるのに気がついた。

こんなことよくない。断じてよくない。

尚吾は身体を起こして、孝也を睨みつけた。

「どうしました？　そんな怒ったような顔をして」

孝也はのんびりとそう言いながら、同じようにベッドの上に身体を起こした。

「怒るに決まってんだろ！　オレの身体……好きなように弄びやがって！」

「好きなようにすればいいと言ったのは、君ですよ。私は何も強要したわけじゃない」

「それは……あんたが姉ちゃんの代わりに初夜の相手をしろって言ったから……」

孝也はにやりと笑った。

「そうですよ。でも、私は乳首だけでイクように命令したわけじゃないし、あんなに乱れるようにとも言わなかった」

尚吾は恥ずかしいことを再確認させられて、顔を真っ赤にした。特に、乳首の愛撫だけでイッてしまったことについては、もう口にしてもらいたくない。あれは無理やりさせられたことではなかった。

「う……うるさいっ。オレは……オレの身体は特別に敏感なんだよっ」

「そう。敏感すぎるほどでした。まあ、それで私も楽しませてもらいましたから、別にいいんですけど。殉教者みたいな顔をして耐える相手より、共に楽しんでもらったほうがいい。ここが無人島でよかったですね。君があんなに声を出すとは知りませんでした」

そんな大きな声だったのだろうか。自分では気づかなかった。だが、孝也は意地悪で、やめてほしいのにやめてくれなかったから、我慢できずに声を出してしまったのだ。

セックスなんて生まれて初めてだった。しかも、男に抱かれるなんて経験を自分がするとも思わなかったのだ。どんなに乱れて悶《もだ》えていたとしても、そんなことは自分の責任ではない。

そうだ。みんなみんな、この男が悪いに決まっている！

尚吾は目の前でにやにや笑っている孝也を睨みつけた。

「あんたは姉ちゃんに悪いと思わないのかよ！」

「それを言うなら、君達姉弟は、私に悪いと思わないのですか？」

尚吾は怯《ひる》んだ。確かに悪い。彼は男と結婚式を挙げ、男とハネムーンに出かけてしまったのだ。彼が怒るのも判る気がする。

「それは……悪かったって……」

「それなら、これくらいの償いはするべきでしょう。ここはハネムーンの舞台です。君はお姉さんの代わりに、私の相手を務めるべきです」

本当にそうだろうか。どう考えても、その理屈はおかしいような気がするのだが。

「で、でも……変じゃないかな。ほら、結婚したら浮気はダメじゃん？　それなのに、さっきしたことは浮気だろ？」

「おかしいですね……。私が結婚式を挙げた相手は君ですよ？　指輪をしているのも君だ。それなら、君を抱くことに、なんの問題もないと思いますけど」

そんなことは詭弁だ。確か入籍はハネムーンから帰ってきてから行なうという話だったが、それでも花嫁は真由奈だ。彼にとっては、浮気だ。それに、尚吾は姉を傷つけたくなかった。

ああ、それなのに！　どうしてこんなことになったんだ！

尚吾は頭を抱えそうになった。

「とにかく、これはこれっきりだ。姉ちゃんは沖縄まで来てるはずだから、連絡取って、迎えにいけばいい。無線でヘリを呼べるんだろ？　で、オレはそのまま東京に帰って……」

そういえば、バイトはどうなっただろう。すぐ帰るつもりでいたから、連絡もしていない。もちろん、ここは携帯電話なんて使えなかった。

無断欠勤でクビかもしれない……！

クビなら、新しいバイトを探せばいいことだ。それがフリーターとしての利点だからだ。

とはいえ、けっこういいバイトだったのに。

「彼女は彼女の償いをすべきです。君には君の償いをしてもらう」

「どういう意味だよ？」

「私はここで君とハネムーンを最後まで過ごすということです。彼女を迎えにいったりしない。もちろん、君を送っていくなんてこともしない」

「そんな……！」

ありえない。姉の身代わりに結婚式に出るだけのはずだったのに、今日から八泊九日ここに閉じ込められて、花嫁の代わりをさせられるなんて……。

「君はここから逃げられない。私の許可なしにはね」

尚吾はぞっとした。身体の自由を奪われて、監禁されているわけではない。しかし、それと似たようなことだ。ここは無人島で、移動の手段を確保しているのは、孝也一人だった。

「最後まで……？」

尚吾は弱々しい声で尋ねた。

「ええ。最後まで、私の相手をしてもらいます」

孝也は尚吾を自分の胸に抱き寄せた。彼の心臓の鼓動が聞こえてきて、さっきの行為を思い出してしまう。

彼の手が背中を撫でる。そうして、お尻の狭間を触られた。

「あっ……」

指が再び挿入される。尚吾はそれだけで身体を震わせた。

「私が放ったもので、君の中が濡れているようですよ。ほら……」

「あっ……やめっ……あっ」

指を動かされると、濡れた音が聞こえた。これがさっきの情事の結果なのだ。そう思うと、頬が上気してくる。

「君はしっかりと締めつけてきて……。まだ足りないんですか？　二度もイッたのに？」

その指摘は尚吾を羞恥に陥らせた。

指を挿入されて、動かされると、またさっきの快感が甦《よみがえ》ってくる。止めたいが、どうにも止められない。尚吾はそれに合わせるように、腰を動かしていた。

「や……だ……っ」

「嫌なはずがない。こんなに君は喜んでいる。私だって嬉しいですよ。こんなに私の愛撫に身体を震わせる君を、思う存分ここで抱けるなんて」

尚吾ははっとして彼の顔を見た。彼は楽しそうに口元を緩ませていた。

すっかり彼の罠にはまってしまっている。たった指一本で、その気にさせる彼が憎かった。

「オレは……オレは……」

孝也は指を引き抜き、視線を尚吾の股間に落とした。そこは勃ち上がりかけている。自分で見ても、信じられなかった。

「言い訳をしても仕方がないでしょう。君はここで私に抱かれるんです。君は私なしには生きていけないようになるかもしれませんね」

その自信たっぷりの言葉を聞いて、尚吾の頭はカッとした。

「冗談じゃない！　オレはそんなことには絶対ならないから！」

「それなら、それでもいいです。さあ……いらっしゃい」

孝也は尚吾の腕を引っ張って、ベッドから下ろした。

「何すんだよっ」

「シャワーを浴びるんですよ」

孝也は柔らかく微笑んだ。その微笑みが見せかけのものだということに、尚吾はもう気づいている。油断のならない奴なのだ。

「まさか……一緒に？」

「そう。一緒に。もう秘密はないんですからね。……ついでに、いいこともしましょう」

いいことって一体……。

何故か期待してしまう自分がいる。いや、そんな場合ではないのに。

尚吾は自分を叱りながらも、結局、孝也にバスルームまで強制的に連れていかれてしまった。

翌朝、尚吾は目が覚めて、大きく伸びをした。ベッドの中に何か暖かいものがある。思わず、そちらに擦り寄ると、なんだか安心感を覚える。そうして、再びまどろみ始めた。

「尚吾君、懐いてくれるのは嬉しいけど、そろそろ起きませんか?」

その声に、昨夜の記憶が呼び覚まされる。尚吾ははっと目を開けて、自分が寄り添っている相手を見つめた。

孝也だ……!

彼の揶揄《からか》うような瞳が、尚吾を見ている。口元には満足げな笑みを浮かべていて、自分が無意識のうちに彼に寄り添っていたことに気がついた。

慌てて尚吾は彼から身体を離した。昨夜シャワーを浴びてから、ベッドに入ったのだ。二人は全裸のままだった。

「そんなに逃げることはないでしょう? 昨夜、身体を繋げた仲なのに」

「じ、冗談じゃない! 昨日は仕方なかったけど、今日は……」

「今日は? 私から逃げ回るつもりですか?」

「逃げ回るなんて言い方……」

孝也はふんと鼻で笑った。

「じゃあ、どう言えばいいんですか? 君は私とここに来週の月曜までいるんです。その間、楽しいことをたくさんする。たとえば、海水浴。釣りもいいかもしれません。それから、この島を探検するなんて、どうです？」

「探検……？」

その言葉は尚吾の心をわくわくさせた。この小さな島には何があるのだろう。洞窟《どうくつ》があったり、岩場があったり、ひょっとしたら海賊が宝を隠しているかもしれない。

「この島にはハブはいませんから、虫に気をつければ、安心して茂みの中に入っていけます。それから、ボートもあるんですよ。ボートの上で釣りをするのもいいかも」

そんな誘惑を並べ立てられると、尚吾は是が非でも、この島に残りたくなってきた。そもそも、帰りたくても、無線を扱えない自分には帰りようがなかったが。

絶海の孤島ではなく、近くに島はあった。が、泳いで渡れるほど近くはない。それに、その近くの島に人間が住んでいるかどうかは定かではない。そんな危険な賭けをしてまで、ここを脱出しようなどという根性はなかった。

結局、ハネムーン期間が終われば、帰れるのだから。

ただ、ここにいる以上、孝也の誘惑から逃れられない。いや、自分をしっかり持って、彼を拒絶すればいいだけのことだ。快感に負けて、彼に身を任せたりしなければ、真由奈を裏切らずに済む。

孝也の理屈はともかくとして、尚吾は不倫なんて絶対にしたくない。結婚の誓いは神聖なものだ。牧師の前で誓いの言葉を口にしたわけではないが、それでも、本当の花嫁は真由奈だ。尚吾ではなかった。

「まず、最初に朝食を食べましょう。フルーツがたくさんあったでしょう？　あれを切って、それからトーストとコーヒー。後は何がいいですか？　スクランブルエッグとか、目玉焼きとか……君が好きなものを作ってあげますから」

「料理できるの？」

尚吾は驚いて目を見開いた。孝也は御曹司で、今まで料理なんてしたことがないに違いないと思い込んでいたが、意外にそうではなかったのだろうか。

「君ほどではなくても、料理はできます。自分の身の回りのことができなくて、いっぱしの男の顔はしていられませんよ」

尚吾もその意見には賛成だったが、孝也がそういう考えを持っていたとは思わなかった。尚吾の場合、育った環境から、そうせざるを得なかったが、孝也はそんなことをする必要は今までなかっただろう。

彼は何不自由なく育ってきた。今、彼がどこで暮らしているのか知らないが、実家ではきっと家政婦が何もかも取り仕切ってくれているはずだ。

孝也はにっこり笑い、尚吾の鼻の頭を人差し指でつついた。

「それで、君は何が食べたいんです？」

「ベーコンと目玉焼き」

「判りました。君も身支度するといい」

彼はクローゼットを開くと、そこにかけてあったローブを手に取り、尚吾に渡してくれた。それを身につけて、尚吾ははっと気がついた。

「オレ……自分の荷物がない」

こんな格好で、島の探検や釣りを楽しめるはずがなかった。尚吾はがっかりした。おまけに、床には昨夜、尚吾が脱がされた下着やワンピースが散乱している。もちろん、今更、女の格好なんてしたくなかった。

「スーツケースを見てみたら、何か着られるものがあるかもしれませんよ」

「でも、姉ちゃんの荷物だから」

女性の荷物を探ってはいけない。真由奈にはそう教えられてきた。

「まあ、ともかく、見てみるといいと思います」

彼はさっさと自分の下着と服を身に着け、寝室を出ていった。尚吾は仕方なく真由奈のスーツケースに手をかけた。彼女の服の中に、ひらひらした女らしい服以外のものがあればいいのだが。

スーツケースの中には、何故だか尚吾のものが紛れ込んでいた。これは尚吾のTシャツだ。それも何枚も入っている。それに、尚吾のジーンズもだ。

真由奈は何を考えて、こんなものを自分のハネムーン用の荷物に入れたのだろう。尚吾は不思議で仕方がなかったが、ここが無人島であることを思い出した。真由奈は日頃Tシャツやジーンズを着ることはない。だから、尚吾の服を拝借したのかもしれない。

尚吾のスニーカーも入っている。尚吾の靴下に、尚吾の下着も……。

「……え？」

ご丁寧に水着も入っている。もちろん尚吾のだ。

どう考えても、真由奈は尚吾をここに来させようと思っていたということだ。そうでなければ、ハネムーンに行くのに自分ではなく、尚吾のものばかり詰めるはずがなかった。

でも、何故……？

尚吾はいくら考えても判らなかった。確かに、自分の結婚式より友人との旅行が大切なんて、おかしいとは思った。だが、真由奈は変人だから、そういう考え方をするかもしれないとも思ったのだ。

結婚式に自分の身代わりをさせ、それから彼女はわざと空港に現れなかった。そのままチャーターしたヘリで無人島に連れていかれることは、知っていたに違いない。

しかし、どうしても理由が判らない。結婚式にも出たくない。ハネムーンにも行きたくない。それなら、どうして真由奈は彼と結婚することにしたのだろう。

彼女は本気で孝也の財産目当てだった……？

愛しているなんて言葉は嘘だったのか。しかし、結婚式やハネムーンをボイコットして、なんになるのだろう。孝也を傷つけるだけだ。そんなことをしたら、財産だって手に入らない。

ともかく、尚吾は自分の下着や服を手に取り、素早く身支度をした。少なくとも、着られるものがあって助かった。もう女装はコリゴリだった。真由奈に頼まれても、今後は絶対に代役なんて引き受けない。

キッチンへ行くと、孝也がフライパンに卵を落としていた。尚吾はテーブルの上に載っている果物から適当なものを選んで、カットしていく。

それから、トーストの用意をした。コーヒーメーカーはもうセットされていて、いい香りが漂っている。

「君とこうして朝食を作るのは、なんかいい感じですよね」

孝也は機嫌よさげに笑った。花嫁に結婚式とハネムーンをすっぽかされた男には見えない。彼からは、そんな惨めな様子はまったく感じられなかった。

真由奈の代わりに、尚吾をいじめたから、気が晴れたのかもしれない。欲求不満にもなってないはずだ。

尚吾はそう考えて、昨夜のベッドでの出来事を思い出し、顔をしかめた。まったくもって気に食わない。どうして自分がこんな目に遭わなくてはならなかったのだろう。

孝也の考えなど判らないが、真由奈の気持ちも判らない。ただ、自分が彼らの犠牲になっていることだけは確かだった。

二人はテーブルに着いて、食事を始めた。

「君はやっぱりそういう格好のほうが似合いますね」

「そりゃあ……そうだよ。ウェディングドレスなんて、懲り懲りだ」

ドレスはまだコスプレのような感覚だからよかった。チャペルだって、非日常的だった。しかし、ワンピース姿で飛行機に乗ったり、空港を歩いたりするのは、とんでもなく苦痛だった。

いくら女装が似合っても、尚吾は特に女装が好きなわけではないのだ。逆に、女顔だからこそ、過剰に男であることを意識しているとも言える。

それなのに……。

男に抱かれたなんて、生涯の汚点としか言えない。しかも、あんなに感じて、乱れまくったなんて、思い出したくもなかった。

だが、そのセックスの相手である孝也はまだ目の前にいる。しかも、微笑みを浮かべていて、尚吾が食べるところをじっと見つめていた。

「そんなに……見るなよ」

「別にいいじゃありませんか。減るものじゃなし」

「減らなくても嫌だ。オレのこと、馬鹿にしてんだろ?」

孝也は眉をひそめた。

「馬鹿になんてしてませんよ。どうしてそう思うんです?」

「女の格好が似合うからだよ!」

あれこれ考えると、屈辱的な思いが胸に込み上げてくる。ベッドの上で、彼は尚吾を好きなように弄んだのだ。

「そのことで馬鹿になんかしませんよ。私はただ君の食欲が旺盛《おうせい》で、よかったと思っているだけです」

「……本当に?」

「ええ。今日はどうします? 泳ぎにいきますか?」

尚吾は少し考えて、頷いた。

「姉ちゃんの荷物に……オレの服やら下着やら……水着まで入ってた。どうしてだと思う? 姉ちゃんは最初からオレをここに来させるつもりだったのかな」

信じたくなかったが、やはりそういう結論しか出てこない。孝也はそれを聞いて、何か考えているようだった。

「……別に、姉ちゃんはあんたのことが嫌とかじゃないと思うよ。その……何か理由があったんだ。そうじゃなきゃ、こんな真似をするはずがないから」

いくら真由奈が変人でも、これはあまりにも理に適っていない。たとえ、悪ふざけだったとしても、決して許されないことだ。

「君は私のことを気遣ってくれているんですね」

孝也はとても優しい調子で言った。尚吾は彼がこんなに優しいことに、罪悪感を覚えた。もちろん自分が悪いわけではないが、真由奈の弟として責任を感じるのだ。

「だって……姉ちゃんのしたことはひどい。あんたの立場に立ったら……昨夜あんなに怒ったのも判るくらいだ。けど、絶対に理由がある。帰ったら……姉ちゃんの言うことをちゃんと聞いてほしい。いきなり離婚なんてしないで」

「まだ籍は入れてないんですよ？　入籍してないのに、離婚はできません」

「でも……」

「判りました。お姉さんの言うことは聞きましょう」

尚吾はほっとした。孝也に問答無用で真由奈を切り捨てられたら、後味が悪い。義理の兄に抱かれたことは、東京に戻ったら忘れてしまおう。そして、すべてを闇に葬って、なかったことにするのだ。

尚吾はコーヒーを飲みながら、絶対そうすることに決めていた。

月並みな言い方だが、海はまさにエメラルド・グリーンだった。

なんて綺麗なんだろう……。

海が澄んでいるのはもちろんとして、灼熱《しゃくねつ》の太陽に青い空という組み合わせは最高だった。しばらく好きなように泳いでから、尚吾はビーチパラソルを立てたビニールシートの上に戻った。

体操座りをしながら、ぼんやり海を眺めていると、孝也が海から上がって近づいてきた。

彼の体型は見事だった。身長は高いし、締まった身体つきをしている。筋肉がつきすぎているわけでもなく、ちょうどいいくらいの身体なのだ。

昨夜、あの身体に組み敷かれて……。

尚吾は自分の記憶を消したくて、頭を左右に振った。

「どうしました？　水が耳に入ったんですか？」

「あ、いや、大丈夫だよ」

尚吾はクーラーに入れていた缶ビールを彼に渡した。彼はそれを受け取り、ごくごくと飲んだ。喉が動き、首筋から胸へと水が滴り落ちていくのを目にして、尚吾は視線を逸らした。

どうして、こんなにドキドキするのか、自分でもよく判らない。

「あ、アルコールってよくなかったかな。飲んで泳ぐと、溺れてしまうかも」

「もう充分、泳ぎましたから」

孝也はビールを飲み干してしまうと、尚吾の身体を意味ありげに眺めた。

「日に焼けましたか？」

「一応、日焼け止めは塗ったんだけど、やっぱり焼けたかなあ」

サンオイルではなく、日焼け止めを塗ったのは、焼きすぎ防止のためだ。孝也はどうだか知らないが、尚吾は日に焼けると赤くなりやすい体質だからだ。それに、日に焼けた顔で新しいバイトを探すのも、どうかと思うからだ。

「鼻の頭が少し赤くなってますね」

孝也は尚吾の肩を引き寄せて、鼻の頭に軽いキスをした。

まるで恋人のような仕草だった。しかし、それにあまり抵抗もできない。このハネムーンを仕組んだのは真由奈だからだ。罪悪感があると、孝也にあまりきついことも言えなかった。

とはいえ、もちろん昨夜のようなことは拒むつもりだ。感じなければ、彼だって無理に迫ってこないはずだった。問題は、感じないようにできるかどうかなのだが、本当のところを言えば、全然自信がなかった。

けれども、このままずるずると関係を続けるわけにはいかない。それは間違いでしかないからだ。

「日焼け止めはこまめに塗りなおしたほうがいいそうですよ」

「うん……。そうだな」

尚吾はここまで持ってきた日焼け止めを顔に塗った。そして、首から肩へと塗り伸ばしていく。それをじっと見つめていた孝也が、尚吾の手を止めた。

「な、何……?」

急に手首を掴まれて、尚吾はドキドキした。

「塗ってあげましょう」

「いいよ! 自分で塗れるから」

「背中は綺麗に塗れないでしょう? ほら、手が届かないところは赤くなっていますよ。泳ぐ前に塗ってあげればよかった。君が赤くなりやすい体質だとは気づかなくて、すみません」

まさか謝られるとは思わなかったので、尚吾は驚いた。そんな気遣いをしてくれたことは、今まであまりなかったように思うからだ。孝也はいつだって尚吾には意地悪なことばかり言っていた。真由奈に対するように、優しいことなんて言ってくれた試しはなかったのだ。

孝也は尚吾の手から日焼け止めローションのボトルを取り上げた。

「ここに横になって。肌に負担がかからないように、優しく塗ってあげますから」

そこまで言われて抗うのも、なんだかおとなげない気がして、黙って言われたとおりにした。たかが日焼け止めを塗るだけだ。

だが、尚吾は彼の手が背中に触れた途端、後悔した。彼はできるだけ丁寧に塗ってくれている。それだけのことなのに、塗られている自分はどんどん変な気分になってしまっているのだ。

背中から腰まで撫でるように塗られていく。彼の手はトランクス型の水着の中に差し込まれたが、お尻を撫でるわけでもなく、穿き口辺りの境目に塗ってくれただけだ。そして、今度は肩から手の先まで塗り広げていった。

そうだ。これはただの親切だ。彼に何か下心があるわけではないのだ。

尚吾は肩の力を抜いて、彼のするがままに任せていた。やがて、彼は脚にも日焼け止めを塗り始めた。

脚は……自分で塗れるのに？

少し疑問に思ったが、彼に任せることにした。泳いで疲れたせいもあって、次第に眠くなってきてしまう。脚を撫でさする掌の感触がとても気持ちがよかった。

彼の手が内股を撫でている。うつらうつらしながらも、なんだか身体がムズムズしてきて、腰がひとりでに動いた。

はっと気がつくと、水着がするすると下ろされているところだった。

「えっ、どうして?」

水着で隠れているところは、日焼け止めなんて必要じゃないはずだ。

「邪魔だからですよ」

孝也は水着を足首から引き抜くと、尚吾の身体にのしかかっていた。お尻の辺りに当たる感触にドキッとする。彼もまた水着を脱いでいて、股間ははっきりと硬くなっていた。

「何すんだよっ。日焼け止めを塗るだけだって……」

「塗るだけ、なんて言ってませんよ。君が目を閉じて、気持ちよさそうにしているのを見たら、私だって労力に見合うだけのご褒美《ほうび》が欲しいと思ったって、不思議はないでしょう?」

自分から塗ると申し出ておいて、労力とは何事か。しかも、それに見合うだけのご褒美が欲しいなんて、とんでもない男だった。

「ご褒美なんか……やらない」

「ほう……」

孝也は尚吾の脇腹をすっと撫でていく。くすぐったさと共に、快感が駆け抜けていく。我ながら、厄介な身体だった。どうして彼に撫でられると、変な気分になってくるのだろう。

「でも、私は欲しいんですよ。それに……実は君もご褒美を欲しがっているんじゃありませんか？」

「オレは欲しくない！」

「それなら、試してみましょう」

「え……？」

孝也の言葉に、尚吾はパニックを起こしそうになった。この男は一体何をするつもりなのだろう。

孝也は少し身体を離して、優しく尚吾に声をかけた。

「腰を上げて……」

「でも……っ」

何をされるのか怖い。自分が昨夜のように快感の渦に巻き込まれてしまうのが怖いのだ。彼と肌を密着させているだけで、どうにもならない衝動が湧き起こってくる。これに抗えるのかどうか、自信がなかった。

孝也の手が腰に添えられる。それだけで、身体が震えてくるのを感じた。

半ば降参するような気持ちで、尚吾は腰を上げ、四つん這いの格好になる。こんな姿を、こんな野外で曝していることが嫌だった。

「外なのに……」

「場所が問題ですか？　確かにここは太陽が照りつけるビーチですが、私達以外の誰もいませんよ。正真正銘の……二人きりなんです」

彼の手は後ろから尚吾の胸を撫でた。

「あっ……」

どうやら、自分は乳首への愛撫に弱いらしい。しかし、そんなことも、孝也がいなければ一生知らなかったことだろう。彼の指が乳首を押し潰すように、力を込めている。尚吾は目を見開いて、身体を震わせた。

「や……やめろよ……っ」

「こんな愛撫の仕方は、気に入りませんか？　優しく舐めるのもいいですが、こういうのも好きなんじゃありませんか？」

確かにそうだった。しかし、そんなことは死んでも認めたくない。尚吾は歯を食い縛り、声を出すのを我慢しようとした。喘ぎ声の代わりに、唸《うな》り声のようなものが口から飛び出してくる。

孝也はふっと笑った。

「いくらだって、声を出してもいいんです。誰にも聞こえませんから」

「あんたが聞いてる……ああっ！」

尚吾はまた身体をくねらせた。孝也のいいように操られているようで、悔しかった。こんなに敏感でなかったら、孝也を楽しませずに済んだのに。

「声を出して……。君の感じてるときの声が好きなんです」

耳の後ろにキスされて、尚吾は過敏に身体を震わせた。

「やだ……ああっ……やだって……！」

尚吾は泣いているような声を出してしまった。乳首が彼の指で弄られると、身体がじんじんと痺れてくる。股間のものはもう立派に勃ち上がっていた。このままだと、また乳首の愛撫だけで達してしまう。それだけは嫌だった。

せめて……ああ、せめて……。

「他のところ……触って……！」

これでは、彼におねだりしているようだ。プライドが傷つくが、どんなことより、乳首でイクことのほうが恥ずかしいのだから仕方がない。

「君はどこに触れてほしいんですか？」

「き、決まってんだろっ！」

男が弄ってほしいところはひとつだ。他にはないと言ってもいい。しかし、孝也の考えでは違っていたらしい。尚吾の脚を大きく開かせると、後ろから蕾の部分を舐めてきた。

「あっ……ちがっ……そこじゃないって！」

尚吾は腰を揺らしながら、必死で違うと言い続けたが、孝也は聞く耳を持たなかった。尚吾の腰を掴んだまま、一心不乱にそこを舐めている。しかも、妙に強弱をつけて。

彼の愛撫から抜け出したかった。が、ここでやめられたら、それはそれで嫌だ。もう身体は高まっている。この熱を抑え込むのは不可能だった。

「やだ……やだっ……っ」

ほとんど泣きじゃくりながら、尚吾は頭を左右に振った。あまりにも気持ちがいい。気持ちよすぎて、苦しい。孝也の愛撫は容赦なく尚吾を追いつめていく。

ああ、昨夜みたいに抱いてほしい。奥まで挿入して、好きなように動いてほしい。

尚吾はそう思うようになっていた。表面を刺激されるだけでは、もう我慢ができなくなっている。奥まで支配されることの喜びを、知ってしまったのだ。

やがて、孝也は唇を離し、それから硬くなったものをそこに押し当てた。

昨夜のことが頭に浮かぶ。今すぐ抱いてほしい。彼に貫かれたくて仕方がなかった。だが、彼はそこで動きを止めている。

「さあ……言いなさい。私が欲しいと」

尚吾は彼の言葉にぞっとした。彼はそれを言わせたくて、こんな真似をしたのだ。尚吾は屈辱に唇を噛んだ。けれども、彼に従わなければ、欲しいものは得られない。

「あんたが……欲しい」

尚吾は掠れた声で呟いた。後ろで孝也がくすっと笑った声が聞こえる。きっと彼はその言葉を聞いただけで満足なのだろう。

「それが聞きたかったんですよ。君が屈服する言葉がね」

孝也は尚吾の腰に両手を添え、ゆっくりともったいぶるように挿入してきた。

「あぁ……ぁ……っ」

奥のほうまで貫かれている。尚吾は自分がすっかり被虐趣味の虜になったような気がした。そんな趣味はなかったはずなのに、彼に後ろから貫かれて、快感とは別なところで、自分が陶然としていることに気がついた。

「ビーチで裸になり……君を思う存分、抱けるなんて……夢みたいです」

オレのほうは悪夢みたいだ……。

そう言いたかったが、尚吾は言う暇もなかった。口からはひっきりなしに喘ぎ声を出してしまっている。彼が動く度に、尚吾は身体が蕩けそうになり、下半身には力が入らなかった。

熱い楔が身体の内部に打ち込まれている。だが、それが尚吾をおかしくさせていた。頭から爪先《つまさき》に至るまで、自分は彼に支配されている。彼の意のままになっているのだ。

気がつくと、尚吾は自分の身体を揺らしていた。孝也によって揺らされていると思っていたのに、いつの間にか自ら動いている。孝也がもたらしてくれる快感をもっと貪るために。

尚吾は愕然《がくぜん》とした。けれども、それを止めることはできなかった。

身体が熱い。頭の中まで沸騰しそうなくらいに熱くなっていて、もう他のことは考えられなくなっていた。

灼熱の太陽の下、美しい海と空に囲まれたこの浜辺で、生まれたままの姿になり、孝也に貫かれている。

状況を考えると、眩暈がしてくる。彼のどんな愛撫にも感じないようにするはずだったのに、あっさり自分は彼に屈している。それが悔しくてならないが、身体の内部を擦るようにして行き来する彼に、どうにもならないほど情欲を引き出されてしまっているのだ。

「あっ……あん……あん」

孝也の手が腰からウエスト、そして胸へと移動していく。尚吾の弱いところを知っている彼は、容赦なく乳首に触れてきた。

「そこは……ああっ……」

やめて。と言いたかったが、もう言葉にはならなかった。敏感だと知っていて、彼はわざと弄っている。指先ひとつで、尚吾は彼の意のままに感じてしまう。新たな刺激が加わり、全身は燃えるようだった。

「もう……っ」

限界だと思ったそのとき、尚吾は自分を手放した。後ろから奥まで貫かれ、ぐっと腰を押しつけられる。尚吾は孝也が自分の中に熱を放ったことが判った。

痙攣するような悦《よろこ》びの後、けだるい余韻《よいん》が訪れる。二人は身体を離し、シートの上で横になった。

ああ、こんな場所で……。

彼に抱かれないようにするはずだったのに、結局、快感に屈してしまった。尚吾は後悔した。

身体はこんなに満足しているのに、心には重苦しいものが残っている。

せめて、彼が姉の夫でなければ……。義理の兄でなければよかったのに。

そうすれば、罪悪感から逃れられた。ひょっとしたら、こういう行為も気に入ったかもしれない。

「……素敵でしたよ、君は」

孝也にそんなふうに言われて、尚吾はカッと頬が熱くなった。

彼は意地悪だ。尚吾にだけ嫌味を言い、いじめるのだ。

そんな彼に抱かれて、気に入るはずもない。

そうだ。今、自分の中にあるのは後悔だけだった。

少し落ち着いた後、二人は生まれたままの姿で海に入って泳いだ。身体が汚れて、気持

ち悪かったというのもあるが、どうせここは無人島なのだ。裸であろうが、水着を着ていようが、大して変わらなかったからだ。

とはいえ、新たな日焼けをしないうちに、コテージに戻ってきた。

トロピカルフルーツで作ったジュースを飲み、少し遅い昼食を取った。恐ろしいくらいに、誰の邪魔も入らない。まさしく二人だけのハネムーンで、こんな生活を何日も続けたら、帰る頃にはすっかり孝也に飼い慣らされてしまうだろう。

飼い慣らされた後には、何が残るのだろうか。何も残らないに決まっている。彼は真由奈と結婚した。こんな真似をした彼女のことを、今は怒っているかもしれないが、彼が愛している女性なのだ。いきなり離婚ということはないと思う。

そうして、彼は真由奈と新しい生活を始める。それから、このハネムーンのことは忘れてしまうのだ。

尚吾はきっと忘れられない。初めての性体験、しかも相手が男だ。もう、こんなことは絶対にない。これほど屈辱を味わわせた相手のことを、忘れられるはずがなかった。

もちろん、いい意味で忘れられないわけではない。悪い意味で、だ。自分をここまで追い込んだ孝也のことは、一生憎むだろう。

それなのに、自分が今、こうして呑気なハネムーンを孝也と過ごしていることが、腹立たしくて仕方がなかった。

やはり、どう考えても、これはおかしい。孝也は平気な顔をしているが、尚吾はこんな生活に馴染んでしまうことが怖かった。

「午後は何をしましょうか」

孝也が声をかけてきた。

「疲れたから昼寝がしたい」

彼の目がきらりと光る。昼寝という言葉に、彼が別の意味を見出したような気がして、尚吾は慌てて付け加えた。

「あんたは自分の好きなことをしていればいいよ。オレは……そこでゴロゴロしてるから」

尚吾はリビングのソファを指差した。

「君が昼寝をするなら、私だってしてしますよ。もちろんベッドでね」

「あんたが言うと……なんかいやらしいことのような気がして……」

「いやらしい？　考えすぎですよ」

そうだろうか。尚吾は警戒した。どうも彼の言うことは信用できない。やはりビーチで抱かれたことが、頭に残っている。

「じゃあ、オレはテレビを見ることにする。……あ、テレビ映るのかな」

リビングにはテレビがあるが、無人島でテレビなんて見られるのだろうか。

「映りますよ。でも、ＤＶＤもいろいろありますから」

「へぇー、用意がいいんだね」

用意がよすぎると言ってもいいくらいだ。冷蔵庫には食材がいっぱい詰まっている。飲み物だってあるし、水も……。

「そういえば、無人島なんだから、水道があるわけじゃないよね？」

「貯水タンクがあったでしょう？　もし足りないようだったら、無線で連絡すれば、船で新たに運ばれてきて、補充できます」

彼が大金持ちだということは判っているが、無人島でこんな生活をするのは、とても贅《ぜい》沢《たく》なことなのだと思った。そこまで至れり尽くせりなのに、真由奈は来なかった。孝也が何かで真由奈に対してあてつけをしたとしても、おかしくはない。

じゃあ、オレはただのあてつけで、こんな目に遭ってるのかな……。

まさかと思いつつも、そうではないとは言い切れない。孝也は元々、尚吾にはいつも辛《しん》辣《らつ》だった。これほど踏みつけにしたところで、彼の心はまったく痛まないのかもしれない。

「ともかく、君が疲れたというなら、午後はここでゆっくり過ごしましょう。島を探検するには、たっぷり時間が残されていますし」

「本当に来週の月曜まで、オレとここで過ごす気？」

「もちろん。せっかくの休暇ですからね。それに……」

孝也は色っぽい眼差しを尚吾に向けてきた。

「君を思う存分、独り占めできますし」

尚吾の脳裏に、ビーチでの出来事が浮かぶ。結果的に、彼の言いなりになってしまったが、あれは尚吾が望んだことではなかった。

「オレはあんたのものってわけじゃない」

尚吾はそっけなく言った。食ってかかったところで、いつの間にか孝也に主導権が握られている。それなら、もっとクールな態度を貫こう。孝也なんて眼中にないという感じで。

「君は私のものですよ」

彼の断言に、尚吾はムッとした。

「違う！」

「ああ、こう言い換えましょうか。君の身体は私のものです」

そのほうが、もっと侮辱的だった。それが判っていて、わざと彼はそう言っているのだろう。尚吾は顔を真っ赤にして、彼を睨みつけた。孝也はその視線を平然と受け止めている。

「今すぐだって、私は君の身体を屈服させられますよ。君の弱点は……」

彼は尚吾の弱点を並べるつもりだろうか。尚吾は慌てて彼を遮った。

「もういいよ！　言わなくて！」

「そうですか？　まあ、そんなことは口に出して言わなくても、君だってよく判っているはずですよね」

孝也はにやにやと笑っている。尚吾は悔しかった。だが、自分には肉体上の弱点があり、それを孝也に握られていることは間違いなかった。

ああ、彼に触られても、感じずにいられたらよかったのに！

結局のところ、二度も彼に屈してしまっている。彼が尚吾に対する影響を過信したところで不思議はなかった。

「さあ、こっちに来なさい。一緒に寛ぎましょう」

孝也は尚吾をリビングへと誘った。ソファで彼とテレビを見る。本当にそれだけで済むのかどうか、自信がない。孝也にキスされたり、身体に触られると、尚吾の身体はそれだけですぐに蕩けてしまうのだから。

しかし、孝也もそれほど体力が有り余っているわけではないはずだ。いくらなんでも、一日の間に何度もセックスはできない。

それとも……。

孝也は見かけによらず、とんでもない精力の持ち主なのか。

そう考えて、尚吾は身を震わせた。

午後はそれなりに怠惰に過ぎたが、夜はそうもいかなかった。同じベッドで寝るからだ。

翌朝、目が覚めたとき、尚吾はまたもや自己嫌悪に陥った。

どうして孝也の意のままにされてしまうのか判らない。少しの抵抗もできずに、また彼に抱かれてしまったからだ。いや、正確には、抱かれたというより、自分が彼の誘惑に負けたのだが。

『ほら……自分で動くんですよ』

孝也の甘い声がまだ耳に残っている。尚吾は彼の上に乗って、自ら彼のものを受け入れた。しかも、彼の指示どおりに自分で動いて、快感を貪ったのだ。

昨夜のオレを誰か消してくれ！

尚吾はそう思いながら、横で眠っている孝也の顔を見つめた。

顔はいい。本当に整っている。綺麗な顔立ちだ。女なら誰でも彼に惹かれるんじゃないかと思うくらいだ。尚吾は男だが、彼の顔が嫌いではない。

太くはないが、力強さのある眉。閉じた瞼《まぶた》には長い睫毛《まつげ》がある。鼻は本当に完璧なラインを描いていて、唇は……。

この唇に何度もキスされたことを思い出した。彼にキスされるまで、キスの経験は一度もなかった。だが、そのたった一度で、尚吾は欲望を感じた。

あのときは判らなかったが、今なら判る。彼にキスされて、腰が抜けそうなくらい感じていたのだ。

ここから帰ったら、彼とキスすることもないのか……。

そう思うと、なんだか胸が痛くなった。彼と離れられたら、清々するはずなのに、どうしてもそうは思えない。

身体を重ねると、何か情みたいなものが湧くのだろうか。けれども、孝也のほうは、ハネムーン期間だけの関係だと思っている。真由奈に対するあてつけ、もしくは、気晴らしの相手に過ぎない。

このハネムーンが終わった後、彼と真由奈との関係がどうなるにしろ、自分とは関係がなくなる。孝也は相手が男でも抱ける。しかし、これはただの遊びだ。彼は尚吾なんかと関係を続けるつもりはないだろう。

いや、続けると言われても困る。彼は真由奈と結婚した。たとえ二人が別れたとしても、東京に帰ってから、尚吾が彼に抱かれることはできない。

やはり、それは間違っている。真由奈に対して申し訳が立たない。姉の夫を寝取ったということになるからだ。今、すでにそんな状態なのは判っている。けれども、この無人島では、倫理観も通用しない。だからこそ、島を出たが最後、尚吾は無人島での記憶を封じ込めて、なかったことにするのだ。

孝也の睫毛が震えたかと思うと、彼の目が開いた。ぼんやりとした表情の彼は、尚吾と目が合い、嬉しそうに微笑んだ。

「そんなに私の顔が好きですか？」

尚吾はさっと顔を赤くした。

「そんなわけないだろっ。寝顔にイタズラするかどうか考えてただけだ！」

孝也は笑いながら起き上がった。彼は全裸だった。尚吾も同じだが、なんとなく気恥ずかしい。やはり昨夜のことを思い出してしまうからだ。

「本当は、私にキスしたかったんでしょう？」

なんでそれを……！

内心ぎくりとしたが、尚吾は冷たく否定した。

「違う！」

「遠慮しなくてよかったんですよ。君のキスなら大歓迎です。いつでもしてください」

彼からキスされることはあっても、自分からキスしたことはない。やはり、恥ずかしいからだ。

「なんなら、私の上に乗ってくれてもいいです。君は腰の使い方が下手だから、練習したほうがいい」

確かに自分は下手だった。が、練習なんてとんでもない。練習を積んだところで、東京に帰ってしまえば、役に立たない。孝也がどう思っているか知らないが、尚吾は男相手にセックスをすることはないからだ。

男に抱かれる快感を知ってしまったが、他の男とこんなことはしない。だいたい、孝也のような誘惑をしてくる男が他にいるとは思えなかった。

「オレは……もう起きるよ」

尚吾はベッドから下りて、下着を身につけた。

「今日は何をしましょうか?」

孝也は落ち着いた口調で言った。たとえ喧嘩をしたとしても、彼はこういう口調なんじゃないかと思う。

「……探検かな。昨日は海だったから」

「では、探検しましょう」

尚吾はTシャツにジーンズという格好をして、キッチンに立った。手早く朝食の用意をして、食卓に並べる。それは毎朝していることなので、我ながら手際がいい。ふと、まるで自分が新婚家庭の新妻のような真似をしていると気づいて、顔をしかめた。

ダイニングに入ってきた孝也は、新聞こそ手にしていないが、夫みたいな態度だ。

「毎日、君の手作り料理を食べられるなんて、幸せですよね」

「ほら、やっぱり……」

「え？　なんですか？」

尚吾は慌てて頭を振った。

「なんでもないっ。さあ、食べよう」

新婚さんみたいだなんて言ったら、孝也に笑われてしまう。自分と孝也の間は、そんな親密なものではないのだ。そんなことは、よく判っている。

二人は食事を済ませてから、水筒とおむすび、それから怪我したときのための応急手当グッズやサバイバルグッズをリュックに入れて、草や枝をかき分けながら小高い丘となっている斜面を登った。

この島には山はないが、全体がなだらかな丘となっていて、砂浜や岩場以外は木々に覆われていた。その鬱蒼《うっそう》とした森のような丘を登って、向こうの海辺に到達しようというわけだった。

「小さな島だから、迷うほどではないとは思いますが……」

孝也は念のため方位磁石を用意していた。確かに小さな島ではあるが、人が住んでいない手つかずの自然そのもので、どんな危険があるか判らない。ハブはいなくても、何か毒を持つ生き物がいるかもしれないのだ。それに、転んで、とんでもない怪我を負う可能性もある。何しろ無人島だから、何かあったとき困らないようにと、孝也は気を遣っているようだった。

彼にしても、サバイバルの経験はないだろうに。

　孝也は都会が似合う男だ。いつもブランド物のスーツを着こなしていて、驚くような高級車にも乗っている。それが、シャツとジーンズ姿で、尚吾と一緒に、島の探検をしているのがおかしかった。

「何かおかしいですか？　一人でにやにやして……いやらしいことでも考えてるんじゃないですか？」

「いつもいやらしいこと考えてんのは、あんただろ。オレはあんたが探検ごっこに付き合ってくれているのがおかしいって思っただけだ」

　孝也は眉を上げた。

「探検ごっこといっても、君一人でさせるのは危険ですからね。私は責任がありますから、君の安全を確保しなくては」

「責任って、なんの？　別にあんたはオレの保護者じゃないし。そりゃあ、ずいぶん年上だけどさ」

　ずいぶん年上と言われたことが気に食わないのか、彼はムッとしたような顔をした。

「ええ、年長者として責任があります。それに……君をこの島に連れてきて、引きとめているのは私ですからね。当然、君が怪我しないように、気をつける義務があります」

「義務とか責任とかって、時々、堅苦しくならない？　あんたは昔からそうだったよな?」

「私は子供の頃から、義務と責任については厳しく言われてきました。いずれ人の上に立たなくてはいけないからこそ、すべきこと、身につけておくべきこと、やってはならないこと……いろいろありました」

尚吾は彼の育ってきた環境を想像して、ぞっとした。お金持ちの家だから、単純に甘やかされて育った王子様のように考えていたのだ。だが、決してそうではなかったのだろう。孝也は孝也なりに苦労してきたようだ。

尚吾自身は放任に近い形で育てられてきた。両親がいた頃はまともだったが、その後は変人の祖父と、同じく変人の真由奈しかいなかったのだから。彼らなりの躾をしてくれたが、今、自分の役に立っているのは、ほぼ自力で覚えた家事だけのような気がする。

「だから、昔、オレのイタズラにあんなに怒ったわけ?」

孝也はあのときのことを思い出したのか、白い歯を見せて笑った。

「君は悪ガキでしたからね。あの場で叱れそうなのは、私だけでした。だから、思いっきりお尻を叩いたんです。君が悪いことをしても、謝れない子になってはいけないと考えたものですから」

確かに、尚吾は悪ガキだった。祖父は注意するものの、大して心に響く叱り方をするわけではなかった。真由奈に至っては、自分に被害が及ばない限りは、知らんふりだった。

あのときのことをずっと恨んできたが、今思えば、あのときの自分には必要なものだったのかもしれない。人前でお尻を叩かれて、泣き叫びながら謝ったことで、もう二度とあんなことはするまいと自分自身に誓うことになったのだから。

「ありがとうって言うべきかなあ……」

孝也はくすっと笑った。

「素直になったほうがいいですよ。謝るときもお礼を言うときも」

尚吾は頬を赤らめた。確かに、彼の言うとおりだ。

「十年前のことだけど……ありがとう」

孝也は満足そうに頷いた。

「けど、あんたは気楽な御曹司だと思ってたのに、そうでもなかったんだな」

「傍《はた》から見れば、楽そうなことでも、実際にやってみるとそうでないものもありますからね……」

尚吾はまだ二十歳で、世の中のことなんてほとんど判ってないと言ってもいいくらいだが、孝也がそう言うのなら、そういうものなのかもしれないとも思った。

しばらく歩き続けると、やがて下り坂になる。下りきったところはゴツゴツした岩場で、砂浜部分はあまりなかった。

その岩のひとつに腰を下ろして、おむすびや手軽な栄養食品を食べる。大した食べ物でもないのに、こんな場所で食べると、何故だかとてもご馳走《ちそう》に思えてくるものだ。海風に吹かれて、尚吾はご機嫌だった。

探検というほどではないが、サバイバルのエッセンスくらいは味わえた。とはいえ、今までこんなことをしたことがなかったから、とても新鮮な遊びに思えた。

「帰りは海岸に沿って移動してみましょう」

彼の提案で、岩場を伝っていき、コテージのある場所に戻ることになった。

「釣り道具を持ってくればよかったな」

「釣りをする時間はまだたっぷりありますよ」

「この辺りって何が釣れる……わあっ！」

濡れた岩で足を滑らせて、海に落ちそうになった。しかし、孝也が支えてくれて、ずぶ濡れになることだけは避けられた。

「大丈夫ですか？」

「う、うん……」

孝也は心配そうに尚吾の顔を覗き込んできた。まるで本心から自分のことを気遣ってくれているように見えて、尚吾は大きく目を見開く。自分の目に映っているものが真実かどうか見極めたくて。

「尚吾……」

彼の瞳が熱っぽく変化していく。気がつくと、尚吾は彼に抱きすくめられ、唇を重ねられていた。

一瞬のうちに、自分の胸に炎のようなものが広がるのが判った。尚吾は夢中で彼にキスを返す。身体の内に芽生えた衝動をどうにかするには、そうするしかなかったのだ。

衝動なんて……身体だけのものだ。欲望だってそうだ。感情とは関係がない。

そう思いながらも、尚吾は自分が孝也のキスを黙って受け入れているだけでなく、積極的に応えていることが不思議だった。

身体をしっかりと抱き寄せられ、互いの股間の高まりが触れる。その瞬間、全身がカッと熱くなった。

彼が欲しい……。

そう思ってしまった自分が情けない。けれども、とても止められそうになかった。自分はもう抱かれる快感を知ってしまった。そして、初めての相手である孝也にそれをコントロールされているのだ。

やめてほしいなんて、もう思えない。

そのとき、頭から冷たい波飛沫《しぶき》がかかった。驚いて身体を離すと、不意にやってきた大波のため、二人はびしょ濡れになっていた。

顔を見合わせて、思わず笑い出す。

だいたい、こんな不安定な岩場の上で理性をなくすなんて、正気の沙汰《さた》ではない。尚吾は笑いながら、彼から身体を離した。

「とんだ水入りでしたね」

「まさにね。頭を冷やせってことなのかな」

二人は再び岩場の上を歩き、コテージを目指した。手つかずの自然は素晴らしい。それを満喫しながら、島を半周して戻った。


翌日はボートに乗って、釣りをした。面白いように釣れて楽しかったが、さすがに食べきれないと思い、途中からリリースしなければならなかった。おかげで、夕食は魚料理を大いに楽しめた。

その翌日は泳ぎにいった。そんなふうにハネムーンの日程は過ぎていく。夜はもちろん必ずベッドの中で抱かれた。どこへ行くにも孝也と一緒で、キスをすることにも、抱かれることにも、いつしか慣れていた。

だが、楽しい日々にも終わりは来る。ここはまさに楽園だった。開き直って、ここにいる間は何も考えずに楽しもうと思っていた尚吾だが、東京に帰ることを思うと、泣きたくなってしまう。

帰りのヘリコプターが迎えに来る前日の夜になった。夕食の後、尚吾は孝也に誘われて、ビーチへ散歩に出かけた。

懐中電灯を片手に歩いていったが、孝也はビーチに着くと、それを消した。満月に近い月が海を照らしている。辺りは波の音しか聞こえない。

「夜のビーチって、初めて見るよ」

「そうですね。夏の夜のビーチだと、うるさくする連中がいますけど、ここではそんなことはありませんし」

「うん。静かだね……」

世界にはたった二人しかいないような気さえしてくる。だが、真実は違う。ここが特殊なのだ。二人だけの楽園にずっといたが、明日からは違う。現実の世界に戻っていかなくてはならない。

孝也もそれが判っているからこそ、夜の散歩に尚吾を誘ったのだろう。

彼が言いたいことはなんだろう。帰ったら、何事もなかったかのように振る舞おうとでも言いたいのだろうか。

ふと、孝也と真由奈の関係のことが頭を過ぎる。

二人は結婚している。真由奈のしたことを考えれば、離婚はあるかもしれないが、もし孝也と自分の関係が真由奈に知られたとしたら……。

真由奈は大切な姉だ。それなのに、花婿を横取りしてしまった。いや、横取りというほどじゃない。これは別に真剣な関係ではないからだ。孝也にしてみれば、気晴らしのようなものだろう。休暇中にだけ付き合う戯《たわむ》れの相手、みたいなものだ。

しかし、それでも胸は痛む。二人の結婚を自分が邪魔したような気がするからだ。

それに……。

二人が結婚生活を続けるとしたら、尚吾は身内として孝也と顔を合わさなくてはならないのだ。そんな苦痛には耐えられない。

尚吾は孝也のことなど、なんとも思っていない。それなのに、どうして嫉妬みたいな苦痛を味わわなければならないのか、理解ができなかった。だが、その場面を想像すると、必ず胸が痛んでしまう。

もう、いっそ二度と会わないほうがいい。こうして楽園で過ごしたことを、後から思い出すくらいなら。

尚吾は思い切って口を開こうとした。だが、孝也に遮られる。

「少し私の話を聞いてくれませんか？」

ひょっとしたら、彼は自分と同じことを言おうとしているのかもしれない。楽園での日々はもう終わりだと。

「な、何……？」

「前に、義務と責任について話したのを覚えていますか？」

「ああ……。気楽な御曹司じゃなかったって話ね」

孝也は尚吾の背中に手を添えて歩き、二人は砂の上に腰を下ろした。

「私は子供の頃から、そんなふうに育てられてきました。といっても、そういう教育方針を決めたのは両親でしたが、実際に育ててくれたのは家政婦や家庭教師でした」

「えーと……ご両親はやっぱり仕事が忙しかったとか？」

「そういうことですね。父はもちろん母もグループ会社の社長をしていました。外見は優しげですが、ビジネスとなると、とても冷静で有能なんですよ」

そんな噂を聞いたことがあった。確か真由奈が話していたことがある。女性でも、あんなふうに大きな会社を動かすことができると、憧れを込めて話していた。真由奈の理想の女性は、恐らく孝也の母だ。大金持ちの妻になり、自分も経営者となることを夢見ている。

「私は三人兄弟の次男なんです。どうも、私は我が家の方針に対して、過剰に適応してしまったようなところがあります」

「そうだろうね……」

彼の喋り方がまさにそうだ。はるかに年下の自分に対してまで、どうしてこんなに丁寧な言葉で話しているのか、さっぱり判らない。しかし、それもまた教育の結果なのだろう。

「兄は適当に受け流していて、もっと自由な人間です。ただ、兄は長男として、別の義務まで背負っていますからね。真面目だったら、途中で潰れていたかもしれません。弟は末っ子ですから、甘やかされてきましたし、甘えるテクニックを身につけています」

「つまり……生真面目に義務と責任を負っているのは、あんただけってこと？」

「そうです。真面目なんです」

彼がきっぱりと言うので、思わず信じそうになったが、真面目な人間が花嫁の代わりにその弟を抱こうとするだろうか。しかも、脅して、誘惑したのだ。それだけは納得できない。

「それでも、君にしてみれば、私は裕福に育ってきて、いい暮らしをしてきたようにしか見えないはずです」

「でも、事実だろ？」

孝也はゆっくりと頷き、尚吾の肩を抱いた。彼の温もりに、尚吾は自分から身を寄せたくなったが、なんとか我慢する。

これは最後の夜だ。明日からは別々の道を歩かなくてはならない。もう、これ以上、親しくしてはいけない。少なくとも、感情面で彼に惹かれてはいけなかった。

「君に初めて会ったとき、君はとんでもない悪ガキで、私は君のお尻を叩きました」

「もういいよ。あのときのことは……」

尚吾にとっては、屈辱の思い出だ。確かに彼に叱られることには意味があったかもしれないし、彼が親切で叱ってくれたのは判ったが、思い出したくない出来事でもあった。

「君はあれから、私に対して敵意を抱いていましたね……？」

「当然だろ。どんな子供だって、あんな真似をされたら、相手に近づきたくなくなるよ。だって、父親でも親戚でもないのに……」

彼は祖父の教え子で、たまに遊びにくるだけの学生だった。そういえば、彼は他の学生より、頻繁に家に訪れていた。大学を卒業してからも来ていたし、祖父が亡くなってからも……。

あれは真由奈目当てだと思っていたが、ひょっとしたらそうではなかったのかもしれない。

「もしかして、あれから何度も家に来たのは……義務と責任に囚われていたから……？」

恐る恐る尋ねてみると、孝也はくすっと笑った。

「やっと理解してくれましたか？　私は君にずっと睨まれていたけど、君を真っ当な人間にしなくてはならないという使命を感じていたんです」

「真っ当なって……」

尚吾は眩暈を感じた。彼はどれほど尚吾のことをダメ人間だと思っていたのだろう。とても信じられない。

「君は高校生のとき、茶髪にして、髪を伸ばし、ピアスまでしていましたね。制服ときたら、だらしなく着て、あれは真っ当な人間のすることじゃない」

「確かにそうかもしれないけど、少し大げさなんじゃ……」

「大げさなんかじゃありませんでしたよ。私はああいうのは絶対に許せなかった」

孝也が通うような品のいい学校ではなく、落ちこぼれも多数通う学校にいたのだから、茶髪にピアスくらい普通とまではいかないが、それほどめずらしいものでもなかったのだ。もちろん教師には目をつけられて、うるさく言われていたが、服装で鬱屈《うっくつ》したものを発散させるのに、あのときは必死だった。

そういえば、あの頃、孝也はよく家に来ていた。いちいち顔を合わせるのが、たまらなく嫌だったのに、わざわざ尚吾の部屋までやってきて、聞きたくもない説教を聞かされていたのだ。

尚吾は彼の言うことなど聞く気はなかった。反抗心を募らせて、もっと過激な道に行こうかとも考えた。しかし、それはそれで、彼に過剰反応しているようで、なんだか悔しかった。逆の意味で、彼に操られているような気がして。

それに、過激になればなるほど、孝也は足しげくやってきては、うるさく説教してくるだろう。だから、髪を切り、染めるのをやめた。ピアスの穴はやがて塞がり、制服も着崩すのをやめにしたら、友人関係も変わってきて、祖父が亡くなる頃にはごく普通の高校生となっていた。

「じいちゃんの葬儀のときには、少し感謝したよ。あんな髪のままだったら、じいちゃんの名前に傷がつくところだった」

祖父は大学教授として、名誉を守られたと思う。両親を亡くした孫を立派に育て上げた苦労人としても。

「私は教授の葬儀で、初めて本当の君を見たような気がしました」

「本当のオレ……?」

どういう意味か判らず、尚吾はただ苦笑した。本当も嘘もない。オレはオレだと思うからだ。

「君は人目を忍んで泣いていた……」

「そりゃあ涙くらい出るさ。子育てより埋蔵金探しが大事な人だったけど、本当のじいちゃんなんだから」

「何度も何度も制服の袖で目元を拭っていたのに、泣いてないふりをしていたんです。私はどれだけ君を慰めたかったか……」

彼にそんなに何度も見られていたとは、思わなかった。悲しみを抑えるので必死だったからだ。

「あんたは姉ちゃんを慰めてた」

真由奈は孝也の胸の中で女らしく、しくしくと泣いていた。そして、孝也は彼女を優しく宥《なだ》めていた。それを見たとき、尚吾はどうしようもなく胸が苦しくなったのを覚えている。

自分は誰にも慰めてもらえない。不公平だとも思った。ということは、あのとき、自分も孝也に慰めてもらいたかったのだろうか。

まさか……！

そんなはずはない。そんな女々しいことを考えていたはずがなかった。

「君は慰めなんて必要じゃないという悲壮な顔をしていましたから。近寄ることすらできなかったんです」

確かに、下手に慰めの言葉などかけられようものなら、ぶっ飛ばしてやるという顔をしていたのは、自分でも記憶がある。悲しくてつらいのに、それを表面に出したくなかったし、誰かにそれを悟られたくなかったのだ。

つくづく、自分でも扱いにくい奴だったと思う。今では少し大人になったが、当時は本当にまだ子供だった。

「オレは強情だったから……」

「そう。君は強情だった。でも、私はそんな君が好きなんです」

好き……！

それを聞いて、何故だか尚吾の胸は高鳴った。

いや、もちろん、その言葉に特別な意味があるわけではないのだ。たとえば弟に対するような気持ちかもしれない。二人の間に身体の関係があるから、何か意味深な言葉のように感じるだけで。

そうだ。好きなんて言葉は、いろんな関係に当てはまる。一瞬でも、愛の告白のように感じて、胸をときめかせた自分が恥ずかしかった。

オレは別にそんなことを望んでるわけじゃないし。

孝也は尚吾を自分のほうへと向かせた。月の光の中、彼は尚吾を見つめている。その熱い眼差しを見ていると、ドキドキしてきた。

「君は今も私が嫌いですか？」

尚吾は魔法か何かにかけられたように、かぶりを振っていた。自分がそんな行動を取った後で、初めてもう彼のことが嫌いではないことに気がついた。

どちらかといえば、好き……。

償いをしろと迫られ、身体を奪われた。あのときは、確かに彼を憎んでいたはずなのに、今はそんな気持ちもない。このハネムーンの間、彼が優しくしてくれたことは判っている。彼がいつも気遣ってくれて、まるで恋人のように扱ってくれたことも。

「尚吾……」

いつもは名前に君付《くん》けするのに、彼は時々、こうして呼び捨てにするときがあった。尚吾の鼓動は激しくなっている。彼の醸し出す性的な雰囲気に、尚吾は弱かった。

唇が重なり、孝也の手が尚吾の背中を撫でている。それだけで、もう尚吾は彼に屈服しかけていた。何度抱かれたか判らないが、尚吾の身体はすっかり孝也に慣らされていたのだ。

波の音だけが聞こえる。空には煌々《こうこう》と月が照っていて、ロマンティックな浜辺だった。いつの間にか、尚吾は砂の上に押し倒されていて、孝也の向こうに丸い月が見えている。心臓がドキドキする。こんなところで抱かれるのだろうか。前にビーチで抱かれたときは、青い空や眩しい太陽の下だった。昼間だったせいか、健康的な交わりのようにも思えた。しかし、今は違う。淫靡《いんび》であり、ロマンティックでもあった。

あのときと時間が違うだけなのに……。

『君が好きなんです』

孝也の言葉が脳裏に甦る。胸がきゅんとなって、切ない気分になった。

性衝動以外の理由で、初めて彼に抱かれたいと思った。もちろん、好きはただの好意を示す言葉で、孝也が尚吾を抱こうとするのは、欲望のために過ぎないことはよく判っている。

それでも、今夜は夢を見ていたい。明日にはすべてが消え去ってしまうのだから。

彼の唇が首筋にキスをする。それだけで、尚吾の身体は熱く震えていた。強烈な欲望が身を焦《こ》がす。

こんな砂の上でも……。

どうしても、今、彼が欲しい。欲しくてたまらない。

孝也もきっとこの衝動の虜になっているのだ。彼は尚吾のシャツのボタンを外して、胸へとそっと口づける。

「あっ……」

相変わらず乳首が敏感だと、馬鹿にされているかもしれない。何度キスされても慣れない。情けないほどに、敏感すぎる。孝也は乳首を唇で捉えて、軽く吸った。

鋭い快感が身体を切り裂き、尚吾はぐっと大きく身体を反らした。けれども、さすがに、最初の時のように乳首を弄られただけでイクことはない。それだけは、必死で堪えるのだ。そして、それを知っているからこそ、孝也はわざと乳首を責めるのだった。

「いじ……わるっ……」

孝也は小さく笑う。

「意地悪じゃありませんよ」

「嘘……っ」

「君を気持ちよくさせてあげたいから、するんです」

「だって……あんたは嬉しそうにやってる」

献身的動機からの行為だとは、とても思えない表情で、彼は尚吾を追いつめている。それを知らないとでも思っているのだろうか。

「嬉しいですよ。君の反応を見る度に……私の愛撫にこんなに感じてくれていると思うと、嬉しくてならないんです」

そういうものだろうか。尚吾はいつも愛撫をされるばかりで、彼に何もしてあげたことはない。唯一したのは、彼の上に乗ったことだが、それも自分から望んでしたことではない。誘導されて、なんだか知らないうちに、乗ることになってしまっただけだ。

「君が感じてるときの顔が好きなんです。それから……声が好き」

「こんなに……みっともないのに……？」

淫らな表情していることは、自分でも判っている。それに、喘ぎ声なんて恥ずかしいばかりだ。それが好きだと言われても、尚吾には納得できない。

「君の反応全部が……とても愛しくて……」

「あぁっ……」

またキュッと吸われて、尚吾は身体を揺らす。まだイキたくないのに、身体は昇りつめそうになっている。尚吾はなんとか我慢しようと、腰に力を入れた。

「イキたいですか？」

「ま、まだ……」

「でも、下着やジーンズは汚したくないでしょう?」

ジーンズについては、どのみち砂塗れになっているが、別の汚れがつくのは、やはり好ましくない。自分が惨めになるからだ。

孝也が尚吾のベルトに手をかけ、それからジーンズごと下着を下ろした。彼はその衣類を尚吾の腰の下に敷いた。そして、大きく脚を広げると、その中央に唇を近づけた。

「あんっ……あっ……あん」

硬くなっているものが、彼の唇と舌の刺激によって、限界まで膨らんでいく。それと同時に、欲望も大きくなっていった。

彼の舌が今度は蕾のほうを愛撫している。身体は痺れるような快感を持て余していた。もう愛撫なんていらない。尚吾は自分を満足させてくれる究極の快感を知ってしまっているからだ。

「あ……早く……早くしてっ」

孝也は顔を上げた。

「何をしてもらいたいんです?」

彼はやはり意地悪だ。それを口にしたくないのに、結局は言わせられてしまうのだ。

「あんたが……欲しい! 早く……ああっ」

孝也は己のものを取り出し、尚吾の秘所にそれを押し当てた。そして、一気に貫いた。

尚吾はその衝撃に仰け反った。痛いわけではなく、あまりにも気持ちよすぎるからだ。

「目を開けてください……」

言われたとおりにすると、月の光に照らされて、彼の真剣な表情が見えた。

ああ、こんな場所で彼に抱かれているなんて……。

静かな波の音が聞こえる。ひんやりとした空気が二人を取り巻いていた。ふと、何かが胸に込み上げてきた。

訳もなく涙が出そうになって、息を鋭く吸い込んだ。

今夜が二人にとって最後の夜となる……。

「名前を……呼んでください」

孝也は絞り出すような声で囁いた。

「た……たか……や……さん？」

「呼び捨てで」

尚吾は目を見開いた。彼はどうしてそんなことを要求するのだろう。

判らない。判るはずがない。

「孝也……」

小さな声だったが、彼にはちゃんと聞こえたのだろう。そのまま唇を塞がれて、情熱的なキスをされたからだ。

今だけは……幸せだった。彼に抱かれて、キスをされている。我を忘れた恋人同士のように、夜の浜辺で抱き合っているのだ。

「好きです……。好きなんです……」

孝也は尚吾を抱きながら、何度もそう告げた。

その言葉が意味するものが、大したことでなくてもいい。今だけ夢を見させてもらっていて、朝には覚めるものでもいい。

今だけは彼に愛されていると……誰よりも大事にされていると思いたかった。

全身が熱い痺れに侵されている。やがて、尚吾は我慢できずに、熱を放った。孝也もまた身体を強張らせ、昇りつめる。

「ああ……尚吾……！」

唇がまた塞がれた。甘いキスは尚吾の理性を奪う。本当に愛されていると錯覚するほどに、孝也のキスは繰り返し続けられた。


コテージに帰り、二人でシャワーを浴びた。そして、ベッドにもつれ込む頃には、再びお互い高まっていた。

二人とも、これが最後の夜だと判っている。東京に帰れば、こんなことはできない。顔

を合わせることがあっても、節度を持たなくてはならないのだ。

真由奈の顔がちらりと浮かんだが、尚吾はそれを無理やり頭の中から追い出した。今は考えたくない。孝也が彼女の夫だということを忘れたかった。

今日が最後。最後だから……。

自分が卑怯だということは判っている。けれども、もうどうしようもなかった。この気持ちをこの夜に発散させて、後は押し込めなくてはいけなかった。

それに、孝也にどれだけ欲望を感じたとしても、愛情を感じているわけではない。彼のことは『好き』だが、こんなものは『嫌いではない』くらいの意味だ。彼を愛しているわけではないから、きっと忘れられるはずだ。

明け方まで、二人は互いの身体に触れ、そして抱き合った。

少し眠ったものの、すぐに起きなくてはならない。眩しい太陽の光の中、尚吾は目を開けて、とうとう朝が来たことを知った。

気分が落ち込むが、嫌な別れ方はしたくない。ハネムーンは楽しかったと言いながら、握手して終わりたかった。

そうすることが一番だ。彼の身体に未練があっても、もうこんなことは終わりだ。

尚吾はさっさと服を着た。その気配に目を覚ました孝也は、尚吾のことをなんとも言えない視線で見つめてきた。

「もう起きたんですか……」

「朝メシ、作るから」

尚吾はそう言い捨てると、寝室を飛び出した。これ以上、彼と親密な時間を過ごしたくない。彼になんらかの気持ちを残してはいけないのだ。

朝食を食べているときも、二人の間には何か緊張感が漂っていた。孝也はきっと二人の関係はこれきりだと言いたいのだろう。それは判っている。判っているから、いっそ早く言ってほしいとまで思った。

こうして、別れの言葉を待っているのはつらい。

ようやく食べ終わり、片付けようとしたところで、孝也は声をかけてきた。

「話があります。座ってくれませんか?」

ああ、とうとう……。

今の今まで、早く言ってほしいと思っていたのに、いざ彼が話すとなると、できれば聞きたくなかった。彼が言いたいことは、もう判っている。聞く必要だってないくらいだ。

胸の鼓動が激しい。彼の言葉が恐ろしかった。

孝也は尚吾に静かな眼差しを向けた。

「私達のこれからのことです」

「わ、判ってる……。あんたが言いたいことは!」

彼は眉をひそめた。

「本当に？」

尚吾は唾を飲み込み、頷いた。

「もうこれで終わりってことだろう？　この八泊九日はただの休暇で、二人の間には何もなかった。次に東京で会うときは、義理の兄弟として振る舞うこと……」

「違います！」

激しく否定されて、尚吾は目を見開いた。孝也はどうやらかなり怒っているようで、唇を引き結んで、尚吾を睨んでいる。

「でも……」

「私は東京に帰っても、二人の関係は続けていきたいと言いたかったんです」

「えっ……」

彼は尚吾の想像とは、まったく正反対のことを言っている。彼の結論がそんなものだとは、予想もしなかった。

「え、えーと……姉ちゃんのことは？　もう別れるつもり？」

「そういうことになるでしょうね……」

「そんなの、ダメだ！」

「ダメ？　どういう意味ですか？」

孝也の目が苛立たしげに細められた。彼が怒ったとしても、怖くない。真由奈を犠牲にしてまで、自分の欲望に忠実でありたいとは思わない。

「あんたは姉ちゃんと結婚したばかりだ。そりゃあ、姉ちゃんのしたことは悪いけど、それだけで判断してもらいたくないんだ。何か……理由があったのかもしれないし……それに……」

孝也はかぶりを振った。

「君とのこととお姉さんのことは別に考えてほしいと思っています」

「だって、全然別じゃないだろっ！　オレは……姉ちゃんに幸せになってもらいたい。姉ちゃんには苦労をかけたから……だから……」

孝也は途方に暮れたような顔をしていた。だが、何かを決心したように、真っ直ぐに尚吾の顔を見つめる。

「判りました。全部話しましょう」

「え、何を？」

いきなり、彼の話し方がきっぱりとしたものになったので、尚吾は驚いた。

「お姉さんとの結婚の話です。あれは……実は嘘なんです」

「う、嘘って……？　姉ちゃんを騙したってこと？」

「違います。君を騙したんです。お姉さんと私が結婚するという話そのものが嘘だったというわけです」

尚吾は口を開けたまま、ぽかんとしていた。数秒後、慌てて口を閉じる。きっと間抜けな顔に見えていたに違いない。

「そんな馬鹿な……。あんたはともかく、姉ちゃんがオレに嘘なんて言うはずがないじゃないか！」

「君は純真ですね。お姉さんは嘘をついたんです。というより、これは彼女の計画だったんですよ」

尚吾はとても信じられなかった。どうして真由奈がそんな計画を立てる必要があるのだろう。さっぱり理解できない。

「だって、姉ちゃんはあんたのこと愛してるって言ってた。でも、友達も大切だから、結婚式には出られないって。それで、オレに身代わりで結婚式に出てくれって……」

「そんな話、普通は信じないものですけどね」

もちろん、尚吾だって、おかしな話だとは思っていた。けれども、真由奈がそんな嘘をつくはずがないから信じたのだ。

「君のお姉さんのことは、教授のお孫さんだからずっと気を遣ってきました。ただ、うちの会社に入社が決まってからは、責任は果たしたつもりでいました。でも、彼女はそうは思っていなかったようで……。度々、個人的な付き合いを要求されるようになったんです」

「こ、個人的……付き合いって？」

　まるで真由奈が何か脅迫でもしているような言い方に、尚吾は少しムッとした。それに、尚吾に対しても『教授の孫だから気を遣っていた』のかと思うと、なんとも言えない気分になってくる。

「たとえば食事。飲みに連れていってほしいとか、いろいろ……。最初は気軽な気持ちで応じてきました。親戚の子をどこかに連れていく感覚で。でも、そのことが彼女を勘違いさせたようで……」

「姉ちゃんはあんたの恋人のつもりだったんじゃ……？」

　なんて可哀想な姉ちゃん！

　とはいえ、孝也の言うことが本当のことなのかどうか、まだ判らなかった。彼はデタラメを尚吾に吹き込もうとしているのかもしれなかった。

「でも、たまに食事するくらいの関係ですよ？　まさか誤解されるなんて。私は断じてそんな気はなかったのに、彼女はそうではなかった。いきなり私の家を訪ねてきて、泊まりたいと言い出して……。困りました。だから、言ったんです。私は尚吾君のことが好きなのだと」

　尚吾はぽかんと口を開けた。まさか、本当にそんなことを真由奈に言ったのか。真由奈はそれを聞いて、どんな気持ちがしたのだろう。

「彼女はそれだけで理解してくれました。女性が苦手なんだと。そして、君との仲を取り持ってくれようとして、今回のことを計画したんです」

「そんな……まさか！」

彼の恋人気取りだった真由奈が、弟と好きな人をくっつけるために、偽装結婚式とハネムーンを計画したというのだろうか。とても信じられない。それが本当なら、真由奈の頭の中はどうなっているのだろう。さっぱり判らなかった。

「君を騙すのはどうかと思いました。でも、こういうことでもなければ、君は絶対、私のことを認めることはなかったと思うんです」

「あんたは……オレに償いをしろって……。あれも姉ちゃんが計画したことだって言うのか？」

あのときのことを思い出して、尚吾の身体は怒りに震えた。あれがお芝居だったなんて、とんでもない話だ。尚吾は脅しに屈して、ついでに彼の誘惑に屈してしまって、今に至るのだ。

そうだ。どうしてそのことを忘れていたのだろう。少しばかり優しくされたからといって、脅迫されたことを忘れるなんて、どうかしている。

「お姉さんが計画したのは、ハネムーンに連れていくところまでです。後は私が計画しました。確かに卑怯だったと思います。逃げられないように、無人島に連れてきて……。でも、この島だからこそ、初めて君は私と向き合ってくれた」

確かにそうだ。逃げ場はなかったから、おとなしく彼とハネムーンを過ごすしかなかったのだ。

「オレを脅しといて……あんな真似を……！」

「君を抱いたことですか？　もちろん、脅しはしましたが、君がなんの反応もしないのなら、あんなことはしなかった。……意味は判るでしょう？」

「判らないよ！」

孝也は眉を上げた。

「普通の男は……男にキスされて、あんな反応はしないはずです」

彼が何を指摘しているのかに気づいて、尚吾は反論ができなかった。どんな女の子にも、あんな熱い衝動を感じたことはない。つまり、そういう趣味があると、彼に思われたのだろうか。

「オレは……オレは……」

「言い訳は無用です。それに、どんな人間でも……いや、人間に限らずですが、必ず相手を選びます。誰にでも勃つわけじゃないんですよ」

尚吾はそれを聞いて、顔が真っ赤になった。

性的に受け入れられなければ、キスされたり、触られたりして、あんなに感じることはない。嫌悪感でいっぱいになって、勃つどころではないだろう。それを孝也は気づいたから、尚吾を抱いたのだ。つまり、無理やり強姦したわけではないと言いたいのだろう。

脅かされたのは事実だとしても、それから先のことは、孝也のせいばかりとは言えない。あれだけ感じまくって、声を上げていたのに、無理やりされたと騒ぐのは、それ自体が恥ずかしいことだ。

とはいえ、やはり、どうにも納得できなかった。特に、真由奈が自分をこんな目に遭わせた張本人の一人だなんて。

尚吾は目を上げ、孝也を睨みつけた。

「結婚が嘘だったっていうのは信じるよ。だって、どう考えても、自分の結婚式に代役を立てる花嫁なんて、いるわけないもんな」

あの後、携帯電話もなかなか繋がらなかったし、繋がったときも真由奈は素っ気なかった。ハネムーンに間に合うかどうかは、彼女にとっても一大事だったはずなのに、あの落ち着きようはおかしかった。

「判ってくれましたか。じゃあ……」

「でも！　オレは姉ちゃんが計画したなんて信じない。姉ちゃんがそんなことをするはずがない。あんたが全部、企んだことだろう？　あんたは姉ちゃんを自分のいいように操っただけだ。姉ちゃんのあんたへの気持ちを利用して……」

「お姉さんの気持ちというのは？　君のお姉さんは玉の輿に乗りたかっただけですよ」

孝也の鋭い声は、尚吾の心を切り裂いた。確かに真由奈は玉の輿を目指していた。けれども、彼のことを愛してると言ったのだ。彼女が自分に嘘などつくはずがない。

「嘘だ！　よくも姉ちゃんをそんなふうに……」

「君はお姉さんには点数が甘いんですね。私には厳しいのに」

「だって、オレの姉ちゃんだから。あんたは赤の他人だ！」

その一言が孝也を傷つけたのは確かだった。彼の表情は凍りついたようになった。それを見た尚吾はすぐさま後悔したが、自分の発言を撤回できるほど素直でもなかった。プライドだってある。

孝也は冷ややかな表情になり、立ち上がった。

「君がそういうつもりなら……それでもいいですよ。君にとってはお姉さんだけが大事で、私の入る隙間はないということですからね」

尚吾は目を瞠って、彼の顔を見つめた。今まで彼がこんな冷たい顔をしたのは初めて見たからだ。

胸の奥に何か重りを入れられたような気持ちがする。もしかしたら、自分は取り返しのつかないことを言ったのかもしれない。

でも……。オレは悪くないよ。オレは騙されただけだから。

そう思いながらも、自分を拒絶する孝也を初めて見て、尚吾は動揺せずにはいられなかった。


二人は口も聞かずに荷造りをした。ヘリがやってきて、コテージを去るとき、尚吾は楽しかった日々を思い出していた。

できるなら、楽しいまま終わりたかった……。

尚吾がずっと心を痛めていたのは、このハネムーンが終わって、孝也と二度とキスしたり、抱き合ったりできないことだった。けれども、信じていたことがすべて引っくり返ってしまった。

真由奈と孝也が愛し合い、結婚したわけではないことに、ほっとしている気持ちもある。二人が本当に結婚していたなら、孝也と尚吾がこの島でしたことは、真由奈への裏切りだからだ。

けれども、真由奈が本当に孝也のことを愛しているのなら、やはりそれは彼女への裏切りだ。孝也はそれに気づかずに、真由奈の気持ちを利用し、尚吾の身体への欲望を満たした。

きっと彼は男にしか興味がないのだろうと思う。彼が真由奈の気持ちに応えられなかったのは仕方がないとして、あんなふうに玉の輿狙いだなんて、彼の口から聞きたくなかった。

彼のやり口も気に食わない。無人島に連れ込んで、償いをしろと彼は迫ったのだ。あんなことがなければ、孝也なんて絶対に近づけなかったのに。男に抱かれる快感なんて、知りたくもなかった。

ヘリが上空へと上がっていくと、コテージが小さくなっていく。そして、やがて島が遠く離れていき、尚吾は胸が締めつけられる想いがした。

非現実的だった無人島でのハネムーンは終わり、現実へと戻っていく。隣にいる孝也はもう何も声をかけてくれない。彼は尚吾のあのたった一言で傷つき、尚吾を価値のないものとして切り捨てたのだろうか。

そんな……。

『君が好きなんです』

その言葉を聞いたのは昨夜のことだったのに。あの月夜の浜辺で、彼は尚吾を抱きながら、何度も言ってくれた。あれはただの戯言《ざれごと》だったのか。

尚吾は隣に座る孝也を見ることができなかった。彼が何を考えているのか判らない。彼の中で、尚吾はもう用のない存在となってしまったのだろうか。

島はもう見えなくなっている。尚吾は唇を噛み締め、泣きたくなる自分を叱った。

東京に戻ってきた尚吾は、孝也に何か言われる前に、自分からそそくさと別れを告げた。

「じゃあ、オレはモノレールに乗るから。あんたには迎えの車かなんか来てるんだろ?」

「……ちゃんと家まで送りますよ」

孝也はやっと落ち着いた態度で笑みを浮かべた。だが、それもまた、島にいるときとは違い、よそよそしいものだった。

こんな結果を望んでいたわけじゃなかったのに……!

けれども、尚吾は彼から一刻も早く離れたかった。騙されていたことなど、いろんな事実や憶測などが頭の中に飛び交っていて、まだ混乱していたからだ。

「いいから。これで旅行はおしまいだ」

「ハネムーンですよ」

孝也は鋭い声で口を挟んだ。

どうしてそんな訂正をしたのか、その理由が判らなかったが、尚吾はどっちでもよかった。ただ、この場を去りたい。孝也から逃げ出したい気持ちでいっぱいだった。

「まあ、君が一人で帰りたいのなら、それでいいでしょう」

それで彼女と疎遠になることはない。なんといっても、姉弟なのだ。少しのわだかまりくらい、すぐになくなるに決まっている。それに、真由奈は尚吾を騙したとしても、それほど良心に呵責《かしゃく》を覚えるたちではない。クールかつ無頓着《むとんちゃく》だから、きっと何事もなかったような顔をするに違いなかった。

次に、尚吾は二つのバイト先に電話をした。案の定、一週間も連絡がなく休んだことで、クビを言い渡された。仕方ない。新しくバイトを探すことにしよう。

尚吾はコンビニに行くために、部屋を出ようとしたが、そのとき電話がかかってきた。ディスプレイには、孝也の名前がある。

なんで今更、電話なんか……。

尚吾は顔をしかめた。

ずいぶん前に、携帯番号を交換したのだが、まだ彼の番号が自分の携帯に登録されたままだったとは知らなかった。早速、削除しようと思ったものの、その前に、この電話に出るべきかどうか考えた。

しかし、出なければ、しつこくかかってくるかもしれない。それなら、さっさと用事を済ませたほうがいいだろう。

「はい……?」

尚吾はなるべく不機嫌な声で電話に出た。我ながら子供っぽい真似をしているかもしれない。

『アパートに、真由奈さんはいますか？』

彼の声は尚吾の声よりさらに不機嫌そうだった。

「えっ……？　まだ帰ってきてないけど。もう会社を出てるなら、きっと電車にでも乗ってるんだよ」

『彼女は先週の水曜から出勤してないんですよ。無断欠勤ではなく、病気だと連絡は来ているそうですが……』

「病気？　でも……」

彼女はここにはいない。入院なら、会社にもそう言うだろうし、それなら病気だと言いつつ旅行に出かけたのだろうか。しかし、そんなことするより、普通に休暇を取ったほうがいいだろう。

尚吾はリビングの中を見回した。書き置きらしいものは見当たらない。尚吾の部屋にもなかった。

『彼女のせいで、会社ではとんでもないことになっているんです。携帯も電源が入っていないようだし……』

「とんでもないことって？」

『とにかく、そっちへ行きますから』

孝也はそれだけ言うと、電話を切ってしまった。尚吾は来てほしくないと言い損ねて、切れた電話をじっと見つめた。

かけ直して、来るなと言うべきだろうか。しかし、こちらに来るからには、用事があるということだろう。それに、真由奈の居所や、彼の言った『とんでもないこと』も気になる。

一体、真由奈に何があったのだろう。尚吾はたった一人の姉のことを考えて、気が気ではなかった。

しばらくして、孝也がやってきた。

彼はとても怒っているようだった。電話でも声が不機嫌だったが、顔を見れば、激怒に近い状態なのはすぐに判った。

温厚な孝也がこれほど怒るようなことを、真由奈はしてしまったのだろうか。尚吾は怖くなった。

「お姉さんの行き先は判らないんですか？」

「うん……。書き置きもないし、てっきり会社に行ってるとばかり……」

あんな別れ方をしたのに、どうしていきなりこんな会話をしているのだろうと思わないでもなかった。とはいえ、孝也がこれほど取り乱しているのだから、非常事態であるようだった。

「彼女の企みは、こういうことだったんだと気づかされましたよ。君との仲を取り持つなんて言いながら、裏でこんなことを企んでいたなんて……！」

彼の言葉の意味はまったく判らなかったが、真由奈を侮辱されたことだけは判った。

「姉ちゃんは何も企んでないよ！」

「いい加減、お姉さんを聖女のように崇めるのは、やめにしませんか？　君がシスコンだってことは昔から知ってますけど、彼女にだって悪いところはある」

「そんな……」

「もっとも、まさかここまで悪巧みしていたとは、思いませんでしたけどね」

孝也は自嘲するように唇を歪めて笑った。

彼にこんな表情をさせるなんて、真由奈は本当に何をしでかしたのだろう。

「……姉ちゃんが何をしたって言うんだよ？」

孝也に氷のような眼差しを向けられ、尚吾は内心震え上がった。

「私がいない間に、君のお姉さんは私と結婚したと、会社で触れ回ったんですよ」

「ま、まさか！」

「まさかって、私が言いたいくらいです。でも、真実なんです。もちろん入籍なんてしてませんし、結婚式もハネムーンも、君が相手です。君のお姉さんなんかじゃないし、そもそも私は結婚する気なんか全然ないんですから！」

尚吾は唖然とした。真由奈がそんなことを会社で触れ回って、なんの得になるのだろう。なんのために、そんなことをしたのだろうか。

「姉ちゃんがそんな……」

「そんなことするはずがないって言いたいんですね？」

「だって、理由がないだろ？　それで、結婚してないって判ったら、自分が大恥をかくのに」

彼がこれだけ怒っているからには、実際に結婚の噂が流れているのだろう。けれども、真由奈が犯人と決めつけないでほしい。彼女は変人だし、玉の輿を目指してはいたが、恥知らずの悪人なんかじゃない。

「君のお姉さんはね……私との結婚を諦めてなかったんですよ。会社中の噂になったら、本当に結婚せざるを得なくなると思ったんです」

「噂になったからって、あんたと結婚できるとは限らないだろ？」

「私は教授のお孫さんである君とお姉さんには、何かと気を遣ってきたつもりです。噂がただの噂ならよかった。でも、彼女自身が触れ回っているとなると、この噂を私が否定するわけにはいかないでしょう？　彼女が恥をかくと判っているのに」

尚吾は自分の顔がさっと青ざめるのが判った。

「あんたは……本当に姉ちゃんと結婚するつもり？　結婚なんてしたくないんだろ？」

孝也は肩をすくめた。

「仕方ないでしょう？」

「義理とか……責任のために、自分の一生を台無しにするつもり？」

信じられなかった。真由奈は彼が結婚してくれなくても、恥をかくだけで、死ぬわけじゃない。それなのに、彼は自分の信条のために、彼女と結婚しなければならないと思い、それでこんなに怒っているのだ。

もしかして……姉ちゃんはオレが思っているような人じゃなかった……？

何もかも、孝也の言うことが正しいのかもしれない。真由奈は孝也と尚吾を騙し、ハネムーンに送り出した後、会社で結婚したと触れ回り、孝也が責任を取って結婚するように罠にかけたということか……。

信じられない。でも、全部、辻褄《つじつま》が合う。よく考えてみたら、真由奈はたとえ孝也に本気で恋していたとしても、身を引いて、相手の恋を成就させてあげるような殊勝な性格はしていない。そんなことは弟の自分が一番よく知っている。

それなのに、真由奈を庇いたいばかりに、孝也が悪いと決めつけてしまっていた。

恐らく、孝也の言うことのほうが正しいのだろう。真由奈自らが嘘を触れ回ったかどうか判らないが、それによって、彼は好きでもない女と結婚する気なのだ。

しかも、真由奈は意図してそんな噂を流したかもしれないというのに……。

尚吾は胃がねじれそうなくらい痛んだ。真由奈と彼の結婚が嘘でほっとしたのに、真由奈のせいでそんなことになるなんて……。

尚吾の脳裏に、結婚式の場面が浮かんだ。バージンロードを歩くのはウェディングドレス姿の真由奈で、祭壇の前で愛を誓い、キスをする。そんな二人を尚吾は弟として見守らなければならない。孝也が本当に真由奈のものになってしまうのを、指をくわえて見なくてはいけないのだ。

そんなの……嫌だ！

絶対、結婚しないで！

尚吾は本心からそう思ったが、口には出せなかった。まるで、自分が真由奈に嫉妬しているみたいだからだ。

だが、このまま黙っていれば、本当に彼は真由奈と結婚してしまうかもしれない。そんなことは嫌だ。

尚吾は頭の中で、彼と何度も抱き合ったことを思い出した。彼が自分以外の誰かをあんなふうに抱くことを考えると、吐き気がしてきた。もちろん、彼は尚吾のものというわけじゃない。それこそ、結婚の約束をしたわけでもなく、喧嘩別れをしたばかりだ。

でも……でも！

真由奈と彼の結婚は、どうしても受け入れられなかった。

「何か……何か他に方法はないのかな？　結婚以外の解決策は？　いくらなんだって、そんな理由で結婚するなんておかしいよ。姉ちゃんの責任なんだから、姉ちゃんに恥をかいてもらえばいいんだよ！」

それを聞いて、孝也は驚いたように目を見開いた。

「じゃあ……君はお姉さんより、私のことを信用してくれるということですね？」

「そうは言ってないけど……。姉ちゃんが本当に自分で結婚したと周りに喋ったなら、そのことの責任を、あんたが取る必要なんてないだろ？」

どう考えても理不尽だ。孝也と真由奈が愛し合っていて結婚するのなら、尚吾は口出しできない。だが、これは違う。そんな理由で彼が結婚するのは、大反対だった。

もちろん、尚吾に意見を言う権利なんかないのだが。

「お姉さんに、君のことが好きだと言ったときに、彼女はカムフラージュが必要じゃないかと、ほのめかしたんです。彼女は私のカムフラージュ役を喜んで引き受けたいとか」

「カムフラージュって？」

「つまり、名目上の妻というわけですね。私がいくら君のことが好きでも、結婚はできないから」

尚吾はぞっとした。いくら金銭的に困っていた時代が長かったにしろ、真由奈の玉の輿願望は異常だ。そのために、孝也と尚吾を平気で騙すなんて、どうかしている。

そして、真由奈は行方をくらませている。孝也に責められるのが嫌だったからだろうか。

だが、そんなやわな姉ではない。責められるのが嫌なら、最初からこんな計画を立てるはずがないのだ。目標は、彼の妻になることなのだから。

「でも……あんたは結婚する気はなかったんだろう?」

「もちろんです。たとえカムフラージュでも、恋しい相手がいたとしたら、その人のために結婚なんてしたくありません」

孝也はじっと尚吾の顔を見つめてきた。

恋しい相手とは、まさか……オレ?

いや、彼はただの仮定として言っただけだ。別に、恋しい相手がいると断言しているわけではない。

それでも、胸がドキドキしてくる。もし、頼んだら、彼は結婚を取りやめにしてくれるだろうか。

尚吾はついそんな夢を見てしまった。

孝也はふっと視線を逸らした。その瞬間、尚吾は胸の痛みを覚えた。彼に無視されたくない。じっと見つめていてもらいたかった。

「ともかく、お姉さんが帰ってくるまで待ちましょう」

彼は真由奈に会ったら、プロポーズをするつもりだろうか。それなら、いっそ自分が彼を連れて、どこかに逃げ出したかった。彼と真由奈が顔を合わせなければ、結婚話に発展することはないからだ。

けれども、それは現実的ではなかった。立場が逆なら、孝也は尚吾をどこかに監禁することができる。実際、彼はそうした。けれども、尚吾は孝也を閉じ込めておくことはできない。

「姉ちゃん、どこに行ったんだろ……。まさか事故に遭ったとか、何かよくない事件に巻き込まれたとか……」

「まさか」

孝也の口調は冷たかった。尚吾も自分が考えすぎだとは思ったが、そんなに冷たく言われると、カチンとくる。

「判らないだろ。もし姉ちゃんが帰ってこなかったら、どうするんだよっ」

「帰らなければ、手に入らないものがあるんですから、いずれ帰ってくるでしょう」

孝也の静かな口調に、諦めのようなものが漂っていた。それは真由奈と結婚すると決めたからだろうか。尚吾は真由奈を庇っていいのか、それとも非難したほうがいいのか、判らなくなっていた。

判るのはただひとつ。孝也に結婚してほしくないということだけだった。だが、どうしてもそれを口にできない。本当は、彼にすがりついて、泣きながら訴えたいくらいの気持ちなのに。

そのとき、孝也の携帯が鳴った。彼はディスプレイの名前を確認し、電話に出た。

「兄さん……何か?」

電話の相手が何か喋ると、孝也の顔が驚きに引き攣った。

「ちょっと待ってください!　どういうことなんですか?」

孝也の兄は、確か孝也と同じようにグループ会社の社長をしている。仕事上のことかもしれないと思いながらも、尚吾は興味を引かれた。とはいえ、耳を澄まして、盗み聞きするわけにもいかず、尚吾は立ち上がり、窓の外を見た。ベランダには洗濯ものは干されていない。真由奈はいつからここにいないのだろうか。

孝也はまだ兄と話している。

「じゃあ、今、どこに?　あ、兄さん!」

電話は切れたようで、孝也は忌々しそうに溜息をついた。そして、孝也のほうから電話をかける。しかし、通じないようだった。彼は尚吾に目を向け、躊躇《ためら》いながら話した。

「どうやら……君のお姉さんは、今、私の兄と一緒にいるようです」

尚吾は驚いて振り向いた。

「どうして、あんたのお兄さんと……？」

尚吾は孝也の兄と会ったことはない。真由奈もそうだと思っていたが、実は前から知り合いだったのだろうか。

「それが……。例の噂を聞いて、兄は真由奈さんに会いにいったんです。話を聞いているうちに辻褄が合わなくなって、嘘だと見抜いた兄は、彼女の根性を叩き直してやると、連れ出したらしくて……」

「こ、根性って……」

尚吾は唖然とした。

真由奈は金目当てに嘘をついたかもしれないが、孝也の兄に彼女の根性を叩きなおす権利などあるわけがない。まして、どこかに連れていくなんて、犯罪じゃないだろうか。

いや、連れ出したといっても、無理やり暴力で連れ去ったわけではないはずだ。言葉巧みに、誘惑したに違いない。孝也を見ていれば、彼の兄の使う手も、なんとなく判るような気がした。

「それで、今、姉ちゃんはどこにいるんだ？」

「訊いたんですが、そのうち帰るとだけ言って、電話が切れてしまいました。こちらからかけても通じないから、電源を切ったようですね」

つまり、真由奈と同じ手を孝也の兄は使っているのだ。真由奈もそうやって、尚吾と連絡が取れないようにした。

「そのうちって……いつ？」

孝也は顔をしかめた。

「判りません。お姉さんの根性の曲がり具合は、なかなか治らないと思いますし」

「失礼な！　姉ちゃんの根性は曲がってないよ！　そりゃあ、今回の企みはひどいけど、いつもはちょっと変人でお金が大好きなだけなんだから」

「それだけで、充分こちらは被害を受けていますけどね」

確かに孝也には大変な迷惑をかけているので、あまり大きなことは言えない。しかし、真由奈はかよわい女だ。孝也の兄にどこかに逃げ出せないようにされているなら、どれだけ怖い思いをしているのかと、心配になってくる。

「あんたの家族は他に無人島を持ってるんじゃない？　そこに姉ちゃんを連れていって、監禁してるとか？　早く助けに行かなくちゃ！」

孝也は少し考える素振りをした。

「無人島はあれだけですが、他に別荘がいくつかあります。その中のひとつかも……」

この一家はどれだけ別荘を持っているのだろう。半ば呆れながらも、尚吾は兄弟の考えることは似ているのだと思った。だとしたら、ある意味、真由奈の身に危険が迫っていると言えるかもしれない。もちろん、孝也の兄は本当に真由奈の根性を叩きなおすためだけに、どこかに連れていったのかもしれないが。

孝也は尚吾の手を取り、ギュッと握った。その優しく包み込むような眼差しは、島で何度も見たことのあるものだった。尚吾は懐かしさに胸が躍った。

「一緒にお姉さんを探しにいきましょう」

「うん！」

気がつくと、尚吾はそう返事をしていた。


孝也の兄、義也《よしや》の正確な居場所は、彼の秘書が知っていた。孝也は秘書を半ば脅すようにして場所を聞き出したのだ。尚吾は孝也と共に、富士山麓《ふじさんろく》まで今日二回目となるヘリコプターでの移動をすることになった。

今回はヘリコプターから降りても、更に車で移動しなければならない。というのは、すでに日が暮れていて、別荘まで飛ばせても、そこにあるヘリポートに充分な明かりがついているかどうか判らないからだ。義也には不意打ちを食わせなければならないので、わざわざ別荘の固定電話に、明かりをつけておいてくれと連絡するわけにはいかなかった。

孝也はレンタカーを借りて、鬱蒼《うっそう》と生い茂った木々の間の道路を走らせた。やがて、道路から脇道へと入っていく。そして、しばらく走ると、一軒の家が見えてきた。

ここか……！

その別荘は本当に人里離れた場所にあった。別荘地として用意された場所でさえない。無人島といい、この場所といい、どうして孝也の家族は人がいないところを好きなのだろうと思った。もっとも、他の別荘はごく普通の別荘地にあるのかもしれないが。

尚吾は森の中に建てられた一軒家を見て、こんなところに真由奈が連れ込まれて、帰れないのは可哀想だと思った。別荘の建物自体は悲惨なボロ家なんかではなく、北欧の古い街並みに建っていそうな可愛い雰囲気の家だった。ただ、真由奈はそういうものに心を動かされるような情緒豊かな女性ではないから、この別荘の外観に感銘を受けたかどうかは判らない。

孝也は先に立って、別荘の玄関ポーチへと向かい、扉の横につけてあるドアフォンを鳴らした。当然、義也が出てくると思った。が、そうではなくて、真由奈の声がした。

『はい！　え、孝也さん？　尚吾？　どうしてここに？』

モニターを確認したらしい真由奈の声は、とても監禁されているようには聞こえなかった。どういうことだろう。孝也と顔を見合わせていると、玄関ドアが開いた。そこには、真由奈と背の高い男がいた。孝也は少なくとも外見は優しげなのだが、彼は厳格で怖い印象がある。真由奈はこの男に根性を叩き直されたのだろうか。

「孝也、ここがよく判ったな」

義也はにこりともせずに、不機嫌そうに言った。

「兄さんの秘書が話してくれました」

「あいつ、口止めしておいたのに」

「兄さんが誘拐監禁の罪で逮捕されるかもしれないと脅したら、すぐに白状しましたよ」

「見てのとおり、今は監禁なんてしていない」

「今は……ということは、最初はしてたってことなんだろ？」

尚吾が口を挟むと、義也はじろりと睨んできた。そして、真由奈のほうを見て、尚吾のことを指で指した。

「こいつは君の弟か？」

なんて横柄な男なのだ。なまじ孝也と似ているだけに、二人の違いが浮き彫りにされる。だが、真由奈はにっこり笑って頷いた。どう見ても、二人の仲はいいようだ。誘拐だの監禁だのという言葉が、馬鹿馬鹿しく思えてくるくらいだ。

「弟の尚吾なの。尚吾、お帰り。旅行は楽しかった？」

旅行と言われて、あの無人島のビーチで孝也と身体を重ねているイメージが浮かんで動揺した。そんなことを姉に言われて、平気な顔なんてできなかった。

「ずいぶん楽しかったようね」

真由奈は真っ赤になった尚吾の顔を見て、にやにや笑っている。だが、孝也は尚吾を庇うように、すっと一歩前に出て、真由奈に問い質《ただ》した。

「真由奈さん、君はどういうつもりで、会社で私と結婚したなんて言いふらしたんですか?」

尚吾ははっとそのことを思い出した。真由奈が義也に連れていかれたと聞いて、とにかく心配でたまらなくて、そのことはすっかり忘れていた。

孝也はまだ彼女と結婚するつもりなのだろうか。尚吾はそれを思い留まらせたい気持ちでいっぱいだったが、やはり口に出しては言えない。ここで手をこまねいてないで、二人の間に割って入りたいが、そうする勇気が出ないのだ。

真由奈はばつの悪い顔をした。

「ごめんなさい……。あなたが尚吾を好きなのは判っていたけど、私、玉の輿に乗るのが夢で……。あなたは尚吾と付き合えばいいいし、私が世間の目をごまかすための妻になれば、ちょうどいいと思ったのよ」

恐るべし、金の亡者だ。まさに孝也が予想したとおりの答えが返ってきた。

「私になんの相談もなしにですか?」

「相談したら、はねつけられるのが判っていたんだもの」

「それも知らずに、私はまんまと計画どおりに事を運んでいたとは……」

孝也は溜息をつき、尚吾を見た。尚吾は彼が今にも結婚すると言い出すんじゃないかと思い、気が気ではなかった。

「でも、二人は上手《うま》くいったんでしょう？　私、いいことしたでしょう？」

「それなら、君が振りまいた噂はどうするつもりなんですか？」

「ああ、ちゃんと解決方法があるから。つまり……」

「つまり、私と本当に結婚……」

尚吾は最後まで孝也に言わせたくなかった。真由奈がどうなろうが、それは本人の責任だ。孝也は関係ない。

それに……。

「ダメだ！　あんたが姉ちゃんと結婚するなんて絶対反対だ！」

尚吾は大声で二人の会話を邪魔した。二人はあっけに取られて、尚吾のほうを見ている。

尚吾の頬がさっと上気する。こんなことを人前で口にするのは、ものすごく恥ずかしい。けれども、どうしてもこの場で言わなくてはならなかった。

孝也はゆっくりとした口調で尋ねた。

「……それはどうしてですか？」

「だ、だって……嫌だからだよ！　あんたを姉ちゃんなんかに渡さない！　あんたはオレのもんだから！」

「私は……君のものですか？」

孝也の声は掠れていた。何故かとても緊張しているようで、尚吾は彼の気持ちが判らなかった。ひょっとしたら、一足飛びに『オレのもの』発言をされて、ムッとしたのかもしれない。

「あんたのことが……好きなんだよ！　姉ちゃんと結婚しないで。カムフラージュでも、嫌だ。オレのものでいて！」

やけくそになって、心の奥底に隠していた本音を言うと、孝也の顔が今まで見たことがないほど嬉しそうにほころんだ。

「本当に？　取り消しはできませんよ」

孝也は尚吾の頬を両手で包んで、優しく微笑んだ。尚吾の胸の鼓動が一気に速くなってくる。彼のこんな眼差しが好きだ。ずっと見つめられていたい。

「取り消したりしない……。絶対。だから……義務とか責任なんて捨ててしまって」

「判りました。君のためなら、そんなもの捨ててしまいましょう。真由奈さんが大恥をかこうと、知ったことじゃありません。私は君だけが大事なんですから」

蕩けるような笑みを見せて、彼が顔を近づけてくる。

え、ここでキス？

尚吾は我に返って、彼を押しやった。

「ちょっ……姉ちゃん達、見てるし」

「ああ、そうでしたね。もう、君のお姉さんのことはどうでもいいんですけど」

孝也も我に返ったようで、玄関口に佇む二人に目を向けた。義也の手は真由奈の肩を抱いている。二人はまるで恋人同士みたいに寄り添っていて……。

え、恋人同士？

真由奈はにやにやしながら、自分の左手を孝也と尚吾に見せた。薬指にどう見ても大きなダイヤモンドの指輪がはまっている。しかも、よく見ると、細い銀色の指輪もはまっていて、同じ指輪が義也の左の薬指にもはまっていた。

「ね、姉ちゃん、まさか……」

「そう。私達、今日、二人だけで結婚式を挙げたのよ」

誘拐監禁がどうしていきなりこんな結果になったのだろう。さっぱり判らない。だが、これで孝也と真由奈の結婚があり得ないことだけは判った。

「兄さん……確か電話では彼女の根性を叩き直すとか言っていたような気がするんですが」

だから、慌ててここへやってきたのだ。真由奈を救うために。

「電波の状態が悪くて、途中で切れたんだ。まあ、彼女が俺と一緒にいることが判れば、それで安心かなあ、と思ったんだが」

つまり、電源を切ったのではなく、本当に電波の状態が悪かったのか。義也はとてもアバウトな性格なのだろう。というより、彼の目はひたすら真由奈にばかり注がれている。他のことはどうでもよさそうだった。

「そういえば……この辺りは携帯があまり使えなかったんでしたね……」

孝也はその事実をすっかり忘れていたということだ。

「とにかく、事情を説明してもらえますか？」

義也は肩をすくめた。

「じゃあ、中に入れよ。玄関でいちゃいちゃされても困るんだよ」

「いちゃいちゃしてるのは、兄さん達でしょう？」

孝也はぶつぶつ言いながらも、尚吾を連れて、中へと入った。

リビングにある大きな革張りのソファに腰かけると、真由奈が新婚ほやほやといった感じの笑みを見せながら、甲斐甲斐《かいがい》しくコーヒーを淹《い》れてくれた。尚吾と孝也が座ったソファの向かいに、彼女と義也が腰かける。見るからに似合いの新婚夫婦という雰囲気で、二人は寄り添っていた。

今までの真由奈は男性そのものより、その財力を愛するところがあった。何人かデートしたことがあるようだったが、尚吾の見たところ、彼女はいつもクールに振る舞っていた。

それが、この変わりようだ。尚吾は自分の目で見ているものが信じられなかった。

それとも、今度も玉の輿目当てなのだろうか。尚吾は孝也を愛していると真由奈が言ったことを思い出し、彼女が本心から義也に夢中なのかどうか判らなかった。

「それで、最初から説明してもらえますか?」

孝也が切り出すと、義也が話し始めた。

「まず、先週、おまえの会社で噂が流れ始めた。おまえが彼女と結婚したという噂だ。おまえの会社に出向させている社員から情報をもらって、ただちにおまえに電話を入れたが、繋がらない。仕方なくおまえの秘書に連絡を取ったら、旅行のために休暇を取っているというじゃないか。なのに、新婚ほやほやのはずの妻は出勤している。これは俺が解決しないといけないと思ったんだ」

それを聞いて、孝也は顔をしかめた。出向した社員がまるでスパイのような真似をしていることも変だし、そこまでお節介を焼こうとする兄もめずらしい。かなり過保護だ。孝也は尚吾のことをシスコンと呼んだが、二人の兄弟関係も少し普通とは違うもののようだった。

「義也さんったら、最初は本名を名乗らなかったのよ。それどころか、義也さんの秘書だと言って、私に結婚の話を聞きだそうとしたわ」

その先を義也が引き継いだ。

「そして、彼女の話は辻褄の合わないことばかりだった。弟を騙したのかもしれないと思ったら腹が立って、彼女を罰するつもりで、言葉巧みにここまで連れてきた。家政婦みたいにこき使って、いじめてやろうと」

一体、どういう言葉でここまで連れてこられたのか、不思議だった。尚吾が首をひねっていると、真由奈はフフッと笑った。

「彼の『上司』が話をしたいと言っているからって言われて、車に乗っちゃったのよ」

「ええーと、それは義也さん自身のこと？」

「そう。今となっては恥ずかしいけど、玉の輿狙いって見抜かれてたのね。義也さんの名前を出されて、ついていったら、この人里離れた別荘で家政婦扱いよ。逃げられないし、床磨きまでさせられて、彼は義也さんの命令だと言いながら、あれこれ指示するばかりなの」

「姉ちゃん、家事が苦手だしね。玉の輿狙うのに必要なのは、美貌だけだって言ってたし」

尚吾の嫌味に、真由奈はムッとしたように睨んできた。とはいえ、尚吾は真由奈に家事を押しつけられることが多かったので、つい嫌味を言いたくなってしまったのだ。

「それは昔の私よ。家事が苦手なのは否定しないけど」

話が逸れたので、孝也が元に戻そうとする。

「それで、どういうわけで二人は結婚することになったんですか?」

真由奈は顔を赤くして黙り込んだ。そんな彼女を見て、義也が優しそうに笑いかけ、彼女の肩を抱いた。

「誘惑したのさ、秘書のふりをしたまま」

それはつまり、真由奈を騙したということだ。孝也と真由奈も結託して尚吾を騙し、真由奈は孝也を騙したが、今度は真由奈が騙されたというわけだ。姉がそんな誘惑を受けて、弟として怒るべきだったが、目の前の二人を見ていると、そんな気になれない。文句を言うほうが馬鹿馬鹿しかった。

「それは、真由奈さんの根性を叩き直すために、ですか?」

孝也は急に義務と責任を思い出したらしく、保護者的な気分になったのか、義也に冷静に尋ねた。

「最初はそういうつもりでいたけど、途中から違うと思った。早い話が……」

義也はふと照れたような顔になった。

「……一目惚れだったんだ」

どうやら、彼は本気のようだ。彼の目を見て、尚吾はそう思った。真由奈は美人だし、非常にエネルギッシュだ。玉の輿を狙うと自ら口にして、恐るべき計画を立て、弟を巻き込むくらいだから、要するに普通ではないのだ。義也も恐らく経営者としては変わり者で、異端ではないかと思う。つまり、二人はお似合いのカップルなのだった。

「彼女はどうあっても家政婦役をするしかないと判ったら、とことんやった。その潔さや意外な細やかさにも惚れた。誘惑して、手放せなくなったのはこっちなんだ」

真由奈は笑いながら、彼の手を握った。

「私もよ。ただの秘書の誘惑に屈服して、玉の輿計画はダメになったけど、私の最終目標は大きな会社の経営者になることだから、いずれ夢は叶うと信じて、彼のプロポーズを受けたの。孝也さんを騙して結婚するより、ずっとよかったって。だって、お金で買えないものがあるって気がついたんだもの」

真由奈はただ玉の輿に乗りたいわけではなかったのだ。安楽な生活がしたいわけではなく、孝也や義也の母のように、大きな会社を動かすようになりたかったのだろう。

「な？　豪胆だろ？」

どうやら、義也はそこも気に入っているようだった。

「正体を明かした後は喧嘩した。が、すべては丸く収まって、彼女の気が変わらないうちに結婚したというわけだ。孝也もこれで安心しただろう？」

「そうですね……。相手が微妙に違いますが、ごまかせるでしょう。真由奈さんはこれから仕事をどうするつもりですか？」

「よければ、このまま働きたいわ。まだ覚えることがたくさんあるし、修業しなきゃ」

真由奈は幸せに輝いていた。愛する人に巡り合い、電撃結婚をした。願いどおり玉の輿には乗ったが、彼女は次の目標に邁進《まいしん》しようとしている。尚吾はなんだか自分だけが取り残されたような気がした。

どうしてだろう。自分もまた孝也と上手くいっているはずだ。もちろん真由奈のように結婚はできないが、恋人にはなれる。

でも……。

オレの人生、それだけでいいわけ?

今になって、孝也と自分の違いがひしひしと感じられた。義也と真由奈がお似合いで、真由奈が大人として現実の世界に足を踏み出していたからだ。自分には何もない。からっぽだ。こんなことでは、孝也にすぐ飽きられてしまう。いや、飽きたとしても、彼は尚吾を放り出すことはないだろう。義務と責任の人だから。

だが、そんな付き合い方をするわけにはいかなかった。ベッドで抱き合うだけが、恋人じゃない。義務や責任で彼を縛りつけたくないし、そんなことを理由に付き合うなら、それは真由奈が企んだ偽装結婚と同じだ。

いずれ、孝也を傷つけてしまうことになるかもしれない……。

「兄さん達はいつ帰るんですか?」

「さすがに明日には帰らないとまずいだろうな。本当はもっと二人きりで楽しみたいが」

孝也は判ったというふうに軽く頷いた。彼は自分の兄と真由奈ののろけ話自体には大して興味がないようだった。彼らが深く結びついて、自分にちょっかいをかけなければ、それでいいと思っているのかもしれない。

「では、私達はそろそろお暇《いとま》しますね。新婚夫婦の邪魔をしてはいけないし」

確かにそうだ。孝也と共に尚吾も腰を上げた。

「泊まっていけばいいのに。今から東京に帰るのか?」

義也は一応、そう言ったものの、全然本気ではないようだった。その目はさっさと帰れと告げている。

「泊まるところはキープしてありますから」

そんなことは初めて聞いた。尚吾が目を丸くしていると、孝也がにやりと笑った。つまり、尚吾が告白しようがしまいが、彼は一緒に泊まるつもりだったのだ。

二人に別れを告げ、孝也と尚吾は再び車に乗り込む。車を走らせながら、孝也はちらっとこちらに目を向けた。

「シスコンの君には、いろいろショックだったかもしれませんね……」

「いいよ、もう。姉ちゃんの幸せを壊したくない」

それに、真由奈のことよりもっと大切にしたいことは別にあった。そのことに、孝也は気づいてないのだろうか。あれだけはっきり言ったのに。

彼の横顔をじっと見つめる。心は通い合ったと思ったのに、今はなんだか彼の心が離れているような気がする。いや、彼だけではないかもしれない。尚吾も自分達の関係がまだ不安だった。

確かなものは何もない。何か未来の約束があるわけでもない。お互いが好きだという気持ちと身体の関係以外、何もないのだ。

もっとも、義也と真由奈の未来だって、明るいものかどうか判らない。彼らには結婚というゴールがあったが、ゴールの後も人生は続く。これから先どうなるかは、自分達次第で、それなら孝也と尚吾の場合も同じと言えた。

「今日はどこに泊まるんだ？」

尚吾は沈黙が続いていることが気詰まりで、彼に話しかけてみた。彼はまっすぐ前を見ているが、口元に笑みを浮かべる。

「リゾートマンションです。この近くにあるから、泊まれるよう、管理人に用意をさせておきました」

「あんたの家族って、いろんな不動産を持っているんだな」

孝也はくすっと笑った。

「違います。そこは私が個人で所有しているものです。まずは、どこかで食事をしましょうか。お腹が空いたでしょう？」

「ああ……さっきから気分が落ち込むと思ってたけど、腹が減っていたからか！」

だから、妙に悲観的なことを考えたりするのだ。上手く頭が働いていない証拠だ。

「君は素敵ですね！　空腹だからという理由で納得できる君が羨《うらや》ましい」

皮肉めいた言葉だが、孝也は明るく笑いながら言った。

二人の関係はどこに行き着くのか、今は判らない。それでも、あの無人島でのハネムーンを思い出したら、なんとかなるような気がした。

いや、彼のことが好きなら、なんとかしなければならない。

少しでも二人が幸せになるために。


小さなレストランで食事をした後、孝也所有のリゾートマンションに向かった。そこは庶民でも手に入れられるようなリゾートマンションではなく、外観から内装まですべてに凝った高級リゾートマンションだった。

リビングは広々としてスタイリッシュな雰囲気のインテリアが揃えられている。日常的なものがないので、余計にそう感じられた。

「あんたが住んでるところも、こんな感じなんだろうな」

「……え？」

孝也は振り向いて、尚吾の顔をじっと見つめた。ごく普通の気軽な質問なのに、どうして彼はそんなに考え込んでいるのだろう。逆に尚吾のほうが困ってしまった。

「オレ、変なこと訊いた？」

孝也はゆっくりとかぶりを振った。

「そうではなくて……。そうですね。私の住んでいるところは、こういう雰囲気ではないんですよ。もっと……温かみがあります」

尚吾は眉をひそめた。

「えっと……もしかしてご両親と一緒に住んでる？」

「いえ。一人暮らしです」

「ふーん……」

尚吾はなんとなく下を向いた。満腹のはずなのに、何故だか妙に気持ちが落ち込んでしまう。孝也はそれに気づいたように、尚吾に近づいて腕に触れた。

「どうかしたんですか？　君の元気がないと心配になります」

少し落ち込んだだけで、心配してくれるのか。尚吾は思わず笑みを零した。

「大丈夫。オレはあんたのこと、なんにも知らないんだって思ったら……」

「進歩ですね……」

孝也はしみじみと言った。

「進歩？」

「君はずっと私のことが嫌いだった。それが今では、そんなに私のことを気にかけてくれている。それが進歩だと思うし、とても嬉しいです」

嬉しいと言われれば、尚吾も嬉しくなってくる。あの無人島での生活は、尚吾をここまで変えてしまったのだ。

「確かにオレはあんたのこと嫌いだって思ってきた。でも、今となったら、本当にそうだったかなって気がする。いつもいつも口論してたけど、それも楽しかった記憶があるし、あんたが姉ちゃんにばっかり優しくするのが気に食わなかった」

尚吾の告白に、孝也は目を丸くした。

「本当に？　それは嫉妬していたってことですか？　私にではなくて、お姉さんに？」

尚吾は恥ずかしくなって、視線を避けようとしたが、孝也に引き戻される。彼は尚吾の頬に触れて、顔を覗き込んできた。

彼の瞳がこんなに優しい。それだけで、胸が温かくなってくる。

「じいちゃんの葬式のとき、あんたは姉ちゃんを慰めてた。姉ちゃんはあんたの胸で泣いていて……。本当はオレ、姉ちゃんと代わりたかった。あんたの胸で泣きたいって……」

それを聞いた途端、孝也はぎゅっと尚吾を抱き締めてきた。まるで、今、泣いてもいいよと言うように。

「私だって、君を慰めたかった。でも、あの頃の君は決して私に近づかなかったし、私を近づけたりもしなかった」

「うん……。すごく子供だったたから」

だから、彼の優しさから目を逸らして、嫌な奴だと言い続けてきた。けれども、それは間違いだった。イタズラをした子供の将来を考えて本気で叱ってくれたように、彼くらい、無償の気持ちで自分達姉弟の面倒を見てくれた人はいないだろう。

ふと、尚吾は真由奈の格好をしているときに、彼が訪ねてきたときのことを思い出した。

「これ……言っておくべきかな」

「なんですか？　言っておいたほうがいいですよ、今のうちに」

尚吾は上目遣いで孝也を見た。今なら、別に言っても構わないと思うのだが、気を悪くしたりしないだろうか。

「オレ、よく姉ちゃんに遊びで女装させられていたんだ。化粧すると姉ちゃんそっくりになったから、それが面白かったみたいで……。で、今から一ヵ月くらい前かな。いつものようにオレを女装させた後、姉ちゃんは出かけたんだ。その後、あんたがやってきて……覚えてるかな……」

孝也はくすっと笑った。

「覚えてますよ。私達が初めてキスした日ですよね」

尚吾は驚きのあまり、しばし声が出なかった。

「……知ってたのか！」

「判りますよ。君と真由奈さんの区別くらい、ちゃんとつきます」

「でも、どうして？　そっくりになるのに」

もちろん、どこか違うから、彼に見破られても仕方ないだろう。しかし、自分の変装に自信を持っていただけに、ショックだった。彼は知っていて、キスをしてきたのだ。

孝也の眼差しはとても優しかった。

「とにかく判るんですよ。君が演技していたから、それに合わせていたけど、一目で君だと判りました。君がいつもみたいに睨んだりせずに、微笑んでいる。だから、キスしたくなったんです。だいたい、お姉さんにはなんの興味もないのに、キスしたいという衝動は起こりませんよ」

真由奈と結婚なんてしたくないと、彼は言っていた。そもそも女性が好きではないようなのだ。それなのに、真由奈だと思ってキスしていたら、まったく辻褄が合わない。

そうか……。オレだって判って、キスしたのか。

尚吾は顔がにやけてしまって、元に戻らなかった。それを見て、孝也は顔をしかめて、冗談のように軽く頭を叩いてきた。

「そんなに笑わないでください。私は真剣なんですからね」

「あのとき、キスを途中でやめたのは何故？　『クソッ！』なんて、あんたに似合わない悪態までついてさ」

「そんなこと、想像すれば判るでしょう？　お姉さんがいつ帰ってくるか判らない部屋で、君を抱けますか？　それに、君は絶対、抵抗したに違いないし、二人の関係を壊したくなかったんです」

　あのときだったら、抵抗しただろう。そして、思いっきり非難して、二度と来るなと叫んだだろう。何しろ、あのとき、尚吾は女装していることを知られるのが恥ずかしかったし、彼のキスに気持ちよくなっていたことにも羞恥を感じていた。それを彼への怒りに変えたことは、まず間違いないと思う。

「あんたはオレのこと、よく知っているからね」

「知っていますよ。あのとき、君が感じていたことも」

　尚吾は顔を赤らめた。結局、彼には何もかも知られていたということだ。

「……知ってたんだ？」

　尚吾は小さな声でそっと尋ねた。

「ええ。だから、君を無人島に連れていったんです。脅してまでも、君をベッドに引き入れた。卑怯《ひきょう》だということは判ってます。でも、キスで感じてくれる君なら、きっと私を受け入れてくれると思ったんです」

実際、そのとおりだった。孝也は今まで知らない尚吾の一面を引き出してくれた。

「オレは……最初あんたのことを恨んでた。もう絶対あんたとエッチなんてしないと思ったよ。でも、二人きりでいるうちに、あんたのことがどんどん好きになっていった」

「それなら、どうして君は私から離れようとしたんですか?」

その話をしたのは、今朝のことだった。あれから、ずいぶん日にちが経ったような気がしていたが、決してそうではなかった。

「だって、オレは結婚話を信じていたから、東京に帰ったら別れなきゃいけないって思ってたんだ。前の夜、悲しくて仕方がなかった。それが、いきなり結婚話が嘘だったなんて言われても、どう考えていいか判らなくなってた。姉ちゃんの悪口を言われるのは嫌だし、姉ちゃんはあんたのことが好きなんじゃないかって思った。あんたがそれを利用して、事を運んだに違いないって……」

真由奈は孝也のことなど好きではなかった。それでも、結婚はしたかったようだが、電撃的に別の相手と恋に落ちた。二人の間の障害はそれで消えたものの、尚吾が孝也と一緒にいたいと思ったのは、それが理由ではなかった。孝也にそう思われたくなくて、ここでもう一度はっきり言っておきたかった。

二人の間に、もう誤解や嘘はいらない。そんなものを排除して、素直になりたかった。

「別荘でオレが言ったこと、本当だよ。あんたと姉ちゃんが本当に結婚するかもしれないと思ったら、胸が壊れそうなくらいに痛かった。だから……やっと判ったんだ。あんたのことが一番大事で、あんたとずっと一緒にいたい。……好きなんだ」

尚吾は照れながら、改めて自分の気持ちを告白した。彼にはもっと好きになってもらいたい。大事にされたい。優しくしてもらいたい。そして、自分も同じように彼に接していきたい。

孝也の目はかすかに潤んでいる。涙が出るほど嬉しいと思っていいだろうか。彼は決して喜びの涙だと認めないだろうが。

「ありがとう……。私も君を一生大事にしたい」

孝也はそっと尚吾を抱き締めると、軽く唇を触れ合わせてきた。しかし、尚吾はそれだけでは物足りなかった。

「もっと……」

「もっと何をしてもらいたいんですか?」

「キスしたい。ちゃんとしたキスをして」

孝也はにやりと笑った。もういつもの意地悪な孝也に戻ってしまっていることに、尚吾は唖然とした。今日は自分が主導権を握りたいと思ったが、やはり無理なのだろうか。

「君からしてもいいんですよ」

尚吾は目を大きく開いて、彼を見た。確かに自分からしてもいいのだ。彼からしなければならないという決まりなんて、あるはずがなかった。

オレが孝也にキスをする……。

そう考えるだけで、興奮してきて、下腹部に変化が起き出した。我ながら単純かもしれない。

「じゃ、じゃあ目を閉じて」

孝也はフフッと笑うと、目を閉じてくれた。尚吾は背伸びをして、彼の首の後ろに手を回す。なんて整った顔なのだろう。うっとりするほど綺麗で、魅惑的で、セクシャルな雰囲気がある。

尚吾はそっと彼の唇に自分の唇を押しつけた。胸がドキドキしてくる。自分からキスするのは初めてだった。いつも彼が先で、そのまま舌を差し込まれて、後はもう何がなんだか判らなくなっていたからだ。

尚吾は舌で彼の柔らかい唇をそっとなぞった。一瞬、彼の身体が震えたような気がする。だが、すぐに彼の手は尚吾の背中に回されて、ゆっくりとさすってきた。

ああ、気持ちがいい……。

彼の手は魔法の手だ。彼に触られると、それだけで心地よくなってしまうのだ。

舌を彼の口の中に差し入れると、すぐさま相手の舌が絡みついてくる。気がつくと、自分からしたはずのキスなのに、孝也に翻弄されている。

これ以上、こんなキスをしていたら、脚が震えてきて、立っていられなくなりそうだった。尚吾は慌てて唇を離す。すると、今度は孝也にぐいと肩を引き寄せられ、舌を入れられた。

「んっ……ん……」

彼の舌は尚吾の口の中で蠢き、敏感なところを優しくなぞっていった。最初は気づかなかったが、今はそれが彼の愛情から来る行為だと判っている。

彼は尚吾が子供の頃からずっと気にかけてくれていた。もちろん、昔はこんなことをしようだなんて考えていなかっただろう。尚吾は本当に子供だったのだから。しかし、いつしか彼は尚吾を別の意味で好きになってくれていたのだ。

尚吾の胸に何か温かいものが湧き起こり、それが全身へと広がっていく。彼の愛情がもっと欲しい。もちろん、ずっと注いでもらっていたのだが、島にいたときには判らなかった。今は判る。ちゃんと受け止められるから、もっと注いでほしかった。

そして、尚吾も彼に愛情を注ぎたい。

まさか自分の内にこんな感情が潜んでいたとは知らなかった。彼の優しい眼差しを見る度に、何か泣きたいような気持ちになってくる。胸に迫る切なさは、愛情の証だということに、やっと気づくことができた。

島では、彼が与えてくれる愛撫や、それによって引き起こる反応や快感にばかり目が向いていて、抱かれるときには、そのことしか頭になかった。けれども、身体を重ねるということは、それだけじゃない。

永遠に離れたくない。ずっと一緒にいたい。誰よりも相手が大事だと思う、この気持ちを表現することなのだと思う。

孝也は唇を離して、尚吾の顔をじっと見つめてくる。この眼差しにも、愛は確かに込められている。尚吾は脚が震えてきて、思わず彼にしがみついた。

「どうしたんです？　どこか具合でも……？」

「馬鹿。早くベッドに行きたいんだよっ」

孝也はくすっと笑って、尚吾の額にキスをした。

「すみません。まさか、君がそんなに積極的になってくれるとは思っていなかったので」

「オレだって……なるよ。あんたが欲しいって……。そういうの、嫌かな？」

「そんなことを言われて、嫌な気分になる男なんていないでしょう。逆に、一刻も早くベッドに連れていきたくなるものですよ」

孝也は尚吾の身体を不意に抱き上げた。花嫁をベッドに運ぶみたいに、慎重に部屋を移動していく。

「なんか……恥ずかしい。花嫁みたいで」

「君は私の花嫁ですよ。忘れたんですか？　結婚したでしょう？」

「でも、あれは……」

「君はお姉さんの代理のつもりだった。でも、私は君と結婚したつもりだったんですよ。お姉さんのふりをしてウィッグをつけ、ウェディングドレスを着た君ではなく、その中身と永遠の愛を誓ったつもりでいたんです」

そう言われると、あの茶番劇が崇高な思い出に変わっていく。確かに騙されたが、孝也がそういう気持ちでいたのなら、尚吾も同じ気持ちでいたい。

「永遠に……って、いいの？　オレなんかと一緒で？」

「何言ってるんです！　君だからずっと一緒にいたいんですよ」

孝也は寝室のドアを開けた。大きなダブルベッドが置いてあり、彼はそこに尚吾を下ろした。

「君が好きです」

すでに知っていることなのに、彼がそう言ってくれるのを聞くと、胸が喜びではちきれそうになった。

「オレも……好きだ」

照れながら答えると、孝也は優しく微笑んだ。

「愛していますよ」

好きと言われるより、その言葉は胸に染み入った。愛しているという言葉は、あまり馴染みのないものだ。けれども、自分の気持ちもまた彼と同じだと、今、判った。

「オレも……愛してる。あんたのこと、独占したい」

「いくらでも独占していいんですよ。私だって……君の隅から隅まで、自分のものだと印をつけておきたいくらいです」

孝也は自分の言葉を実行するかのように、喉の窪みにキスをしてきた。シャツのボタンを外して、肌を露にすると、自分のものだという印をつけるかのように、たくさんキスをしてくる。

彼の気持ちがこんなに強く伝わってくる。愛撫より、それが嬉しかった。自分はこんなに愛されているのだと、確信できた。

「オレも……オレもしてあげたい。あんたの身体中にキスしたい」

驚いたように、孝也は顔を上げた。

「本当に……？」

「だってさ……愛してる相手には、そうしたくなるもんだろ？」

孝也はにっこりと晴れやかな笑顔を見せた。

「ありがとう。でも、今は私がキスしたいんです。君は後からしてくれれば……」

彼は尚吾のベルトに手をかけて、下半身の衣類も脱がせ始めた。

「一緒に風呂にも入りましょう。それから、一晩中、君を抱いて眠りたい。君が愛しくて……たまらないんです」

腰から下にもたくさんキスをされる。足の指まで舐めかねないほどの愛撫で、尚吾は全身が痺れてしまっていた。

もちろん、股間のものもたっぷりと可愛がられた。何しろ孝也によると、尚吾の身体は全部、彼のものだからだ。その所有権を主張するように、尚吾がどんなに頼んでも、愛撫をなかなかやめてくれなかった。

彼は両脚の奥にキスをして、たっぷり濡らしていく。柔らかい舌で舐められると、尚吾はとにもかくにも、彼が欲しくて仕方がなくなる。表面だけでなく、身体の内部まで愛されたい。そう思ってしまうのだ。

彼の長い指が中へと入り込んでくる。尚吾の身体はビクンと大きく揺れた。

「君がこんなふうに身体を震わせるところが好きなんですよ」

「あんたって……ちょっとS？」

「ほんのちょっとね。君に苦痛を与えようとは思いませんけどね。快感に打ち震えるところが、好きなんです」

彼は指を出し入れして、尚吾を何度も彼の言う状態にさせた。こういう震えは止めようにも止められない。なんにしても、自分の身体は敏感すぎるのだ。もしくは、彼は舌や指の使い方が奇跡的に上手いのかもしれない。

「あっ……あぁぁ……」

指が二本に増えて、スピードも速くなってくる。そんなふうにされると、尚吾の身体はどんどん高まっていって、我慢ができなくなってくる。思わず自分で股間のものに触れると、孝也はやんわりと釘を刺した。

「ダメですよ。そこは君が触っちゃダメなんです」

「な……なんで？」

「だって、それは私のものですから。ベッドにいるときに限り、私の許可なしに触らないこと」

そんな決まりがあるなんて、聞いたこともない。一応、手を放したものの、尚吾は自分で扱《しご》いてしまいたかった。身体が震えるくらいに、もう感じまくっていて限界なのだ。

「だって……我慢できない！」

目に涙を溜めておねだりすると、孝也は大きく目を開いた。すぐに指を引き抜き、自分の服を脱いでいく。そして、素早く彼に覆いかぶさってきた。

硬いものが蕾の部分に当たっている。尚吾は早く挿入してほしくて、思わず腰を揺らした。

「悪い子ですね。私をこんなに昂《たかぶ》らせて……」

「じゃあ、お尻を叩く？」

孝也の目は優しく細められる。

「いいえ。別のお仕置きを」

そう言うが早いか、尚吾を貫いた。尚吾は身体を反らして、その衝撃に耐えた。電撃のような快感が身体中に流れ、尚吾は孝也の背中に手を伸ばして、ぐっと堪える。このままイッてしまっては、もったいない。本当はイキたくてたまらないが、必死で我慢をする。

孝也はその様子に気づいて、にこやかに笑った。

「お仕置き中なのに、そんなに切ない顔をして、私を誘惑するんですね?」

「だって……あんたのことがもっともっと欲しいから……」

「いいですよ。たくさんあげます。全部……私のすべては君のものです」

彼は何度も貫いて、尚吾に淫らな声をたくさん上げさせた。身体の奥まで彼に満たされている。自分のすべてもまた、孝也のものだった。

指先までもが痺れている。頭の中はもう朦朧《もうろう》としてしまって、上手くものが考えられなくなっている。快感があまりにも大きすぎて、尚吾は今にも気を失いそうだった。

「尚吾……」

彼が尚吾の名前を呼び捨てにしている。尚吾は彼の首にしっかりとしがみついた。両脚も彼の腰に巻きついている。二人の間にどんな小さな隙間も作りたくない。ぴったりと重なりたかった。

「孝也……!」

尚吾の口から彼の名前が飛び出すと、彼は奥まで一突きした。その瞬間、尚吾は自分を手放した。すると、強烈すぎる快感が脳天まで突き抜けていく。

孝也はギュッと尚吾を抱き締めた。身体の奥で、彼が弾けたのが判る。それもまた、尚吾にとっては、快感で……。

そして、何故だか、とても幸せなことのように思えて仕方がなかった。

翌朝早く、尚吾は孝也の胸の中で目を覚ました。身体も心も満ち足りていて、本当に幸せな気分になっている。だが、尚吾はともかくとして、孝也は仕事に出かけなくてはならないだろう。

二人は再びヘリコプターで東京に戻った。これから孝也は会社に向かうのだろうと思った。だが、迎えの車に尚吾を連れて乗ると、運転手に家へと向かうように指示した。

彼の家だ……。

初めて行くが、どんなところなのだろう。尚吾を連れていくのだから、一緒にそこで住もうと言うつもりなのだろうか。きっとデザイナーズマンションとか、タワーマンションのペントハウスなのだろう。

尚吾はドキドキしながら、外の景色を見ていた。が、見たことのある風景に気づいて、顔が引き攣るのが判った。

「こ、この近く……？」

「そうです」

尚吾はとても信じられなかった。彼があそこに住んでいるわけがない。そう思いながらも、尚吾が思っていた場所へと車は近づいていく。

やがて、車はある一軒家の前に停まった。

「嘘だ……！」

「嘘じゃないんです。ここは私が買ったんですよ」

孝也に促されて、尚吾は車から降りた。

さほど大きな家というわけではない。古い洋風の家だった。小さな前庭はきちんと手入れされていて、尚吾が最後に見たときよりずっと綺麗になっている。

ここは尚吾が暮らしていた祖父の家だった。

そして、尚吾が初めて孝也に会った場所でもあった。

脚が震える。普通、古家つきの土地は買い叩かれるものだが、ここはいい値で売れたという。だから、相続税や祖父の借金を払った後にも、いくらか手元にお金が残った。

「あんたが買ってくれてたなんて……」

尚吾は胸に迫る強い想いに翻弄されて、我慢できずに涙を零してしまう。それに気づいて、孝也は慌てて謝った。

「すみません。そんなにショックでしたか？」

「違う……。嬉しいんだよ。オレのために買ってくれたんだろう？」

尚吾は泣きながら笑いかけた。あまりにも彼が愛しくて、たまらないから、そうせずにはいられなかった。

孝也は尚吾に微笑みかけて、頷いた。彼は決して名乗らずに、尚吾達に大金を差し出していたのだ。そして、それを何年も黙っていた。彼の愛はまさしく無償の愛だった。

「さあ、中に入りましょう」

孝也は鍵を開けて、玄関の中に入った。昔どおりだった。家具も昔のものが残っている。そういえば、ここを買った誰かは、家具つきで売ってくれと金額を上乗せしてくれたのだ。

何もかも懐かしい……。

尚吾は頭がぼんやりしてきて、ソファに座ると、孝也にもたれかかった。なんだかすっかり骨抜きにされているといった感じで、そんな自分がおかしかった。

「ここに君を連れてきたのは、君の将来について話したいからです」

そう言われて、どうやら真面目な話だと気づき、慌てて姿勢を正した。こういう話は、誤解がないように、ちゃんと聞いておいたほうがいいからだ。

「オレの将来？」

「君に、大学に進学するように勧めたことを覚えてますか？」

尚吾は頷いた。祖父の葬儀の後のことだ。だが、そんな余裕はないと思った。それに、尚吾は勉強が嫌いで、成績もあまりよくはなかった。だから、大学に行くより、働きたいと思ったのだ。

高校在学中もすでにバイトを掛け持ちしていて、卒業後はそのままフリーターになった。昼夜働いて、金を貯めようとしていたから、フリーターのほうが、束縛が少なくて都合がいいとまで思っていた。

「お姉さんも結婚したことだし、アパートを解約して、ここに移ってきてもらいたいと、私は思っていますが……」

「うん。そうする！」

それには、尚吾はすぐに賛成した。ここが自分の育った家だということより、彼との思い出の場所であることのほうが大きい。それに、やはり恋人とは一緒に住みたいものだ。離れて暮らすなんて、あのハネムーンを経験した者としてはもはや耐えがたい。

「ただし、ひとつ条件があります」

「……条件？」

尚吾は目を丸くした。同居に条件が必要だと思わなかったからだ。

「君に大学受験してほしいんです」

「え……今更？」

「今更でも。費用は私が出します。予備校に通って、勉強してください。大学に四年間通ったら……できれば兄の会社に入ってほしいと思っています」

「義也さんの……？」

孝也は尚吾が思いもつかない未来を描いている。だが、義也の会社で働く自分を想像したら、目の前に何か別の世界が広がっているような気がした。

「もちろん、君が他に道を見つけられれば、どこで働いたっていいんです。ただ、君がこれから社会人として歩む道のお手伝いがしたい」

高卒のフリーターでは、どうしても生活が不安定になる。何より、孝也の恋人として似合わないことが、気にかかっていた。真由奈と義也という似合いのカップルを見てしまったからだ。真由奈は社会人で、将来の夢のために働こうとしている。きっとそれが義也のためにもなるだろうと思う。

尚吾は真由奈に比べれば、大人とは言えない。孝也にはふさわしくないような気がしてならなかった。孝也は永遠に続く関係を誓ってくれたが、こんな自分が彼の傍にいてもいいのかという不安があった。

だが、それは孝也も同じだったのだ。だから、こんなふうに考えてくれている。

尚吾は再び涙ぐみそうになったが、それをなんとか我慢する。

彼の傍にいるためには、これは必要なことだ。彼の期待に応えて、もっと彼にふさわしい男になりたい。

尚吾は孝也の手を強く握った。彼の手の温もりと自分の手の温もりが溶け合って、ひとつになるのを確かに感じた。

「それがあんたの愛だって判ってる」

義務と責任。それもあるかもしれない。しかし、これは彼の愛だ。欲望を満たすためだけに、尚吾が必要なわけじゃない。彼は遠い未来まで一緒にいられるようにと、考えてくれているのだ。

「じゃあ……」

「あんたの言うとおりにする。まずは勉強をする。未来を確かにするために」

孝也はにっこりと微笑んだ。

思えば、彼は十年も前から、ずっと尚吾の将来を心配してくれていたのだ。そう思うと、胸が熱くなってくる。

「あんたに……この家で出会えてよかった！」

それを聞いて、孝也の眼差しがぐっと優しくなってくる。彼のこの表情に、尚吾は何より弱かった。

たちまち身体の力が抜けていく。

彼は尚吾の肩に手を回し、キスをしてくる。ただのキスではない。情熱的なキスで、気がつくと、尚吾はソファに押し倒されていた。

「尚吾……私は甘いばかりじゃありませんよ」

「とっくに知ってるよ」

最初にお尻を叩かれたあの日から、孝也をあなどってはいけないと身体に教え込まれた。勉強に関しても、彼は容赦がないだろう。

「でも、ベッドでは違います」

「ここはソファだけど？」

孝也は少し考えていたが、きっぱりと言い切った。

「いいんです！」

尚吾にも異論はない。ベッドでもソファでも、月夜の浜辺でも。

孝也と一緒にいれば、どこでも楽園だった。

「愛してる」

尚吾から言うと、孝也は意外そうな表情をした。

「オレだって、言うときは言う」

「そんな君を、私も愛しています」

孝也の顔が近づいてくる。
確かな愛情が二人の間にあって、それが次第に揺るぎないものになっていく。
これ以上の幸せはない。
本当に……愛してる。どこまでも。
唇が重なり、尚吾はそう思った。

あとがき

こんにちは。水島忍です。今回の「罠にかけられた花嫁」はいかがでしたでしょうか。楽しんでいただければ嬉しいです。

プロットを書くときに「次は明るい話を書こう！」と思っていたのですが、思いつくネタが何故か暗い話ばかりで困っていました。そこに、担当さんから「こんなネタは？」といろいろ振っていただいて、今回の話ができました。

お姉さんの身代わりでウェディングドレスを着る話……というのは、実は私のネタ帳に七、八年前くらいから書いてあるネタで、当時は「うーん、こういうネタも今更かなあ」と思っていたのですが、「今更ネタ」も何年か経つうちに一周ぐるりと回って「いや、もう、これもアリなんじゃないかと！」みたいな気持ちで、逆に新鮮な感じで書けたような気がします。私自身はとても楽しく書けました。

元々、私は大の女装ネタ好き。女の子の男装ネタも非常に好きなのですが、最近、この萌えの正体がやっと判りました。私は「正体を隠すネタ」萌えだったのです（笑）。復讐ネタ萌えもあるんですけど、これもこの分類に入りますよねー。「実は○○」ってヤツ。

なので、単なる女装はそんなに萌えないのです。「女の子の格好をして、相手を騙さなきゃいけないけど、もしバレたら云々」みたいなのが大好きなんですよ～。今回はそれが楽しかったのですが、ウェディングドレスはともかくとして、ワンピース姿で飛行機に乗らなきゃいけなかった尚吾君は可哀想でした。本人はすごーくイヤだったでしょうねえ。

さて、今回、沖縄の無人島へハネムーンに行ってますが、ネットで探すと、無人島って普通に売ってるんですね。ビックリしました。まあ、そこに別荘を建てようとすると、かなり大変だと思いますが。

沖縄へは、私も二度行ったことがあります。どちらもゴールデンウィークだったので、気候のいいときだったのですが、たぶん真夏の沖縄は日差しが強くて大変でしょうね。一度、真夏の宮崎に行ったんですけど、宮崎でも充分「南国の太陽」でしたもん。私は福岡に住んでいるので、「宮崎は福岡の親戚」くらいの気分で出かけたら、全然違ってました。ちなみに、日本海に面している福岡は南国ではありませんよー。時々、勘違いされるので、念のため。

で、話を元に戻しますと、孝也さんは本人も認めるとおり「ちょいS」ですよね。過保護で義務と責任の人なのに、尚吾君をいじめ可愛がるのが大好き。あんなに延々と女装させていたのも、実はいじめ可愛がっていたんだと思います。そもそも、そんな性格だから、

「無人島で監禁ハネムーン」みたいな計画を立ててしまったというか……。いや、困った人です。そもそも、後で絶対バレる嘘をついていたんだから、喧嘩は当然ですよね。

真由奈さんと義也さんは脇役なのに妙にキャラが立っていたので、書いていて、なかなか面白かったです。どっちも周囲を振り回す系のキャラですが、先に折れるのは年上の義也さんのほうかなあ。三兄弟なので、一番下の弟はどんな人なんだろーと思います。

ラストシーンは、けっこうお気に入りです。孝也さんの十年にも渡る「無償の愛」がここにも……。ちょいSで、尚吾君をいじめ可愛がってますが、やっぱりいい人なんだなーと。

ちなみに孝也さんが尚吾君を好きだと自覚したのは、おじいさんのお葬式のときだと思います。それまでは、どうしてこんなに気になるんだろうと、自分で不思議に思っていたに違いありません。どこで恋をしたのかは知りませんけど。……まさか初対面のときではなかったと思います。たぶん。

尚吾君のほうはまーったく意識していませんでしたが、お葬式のときに「姉ちゃんばっかりずるい」と思っていたようなので、やっぱり分岐点はその辺りですよね。まあ、出会ってから、十年で実った恋ということで。

さて、今回のイラストは、すがはら竜先生です。表紙のはだけたウェディングドレスと口絵のガーターベルトが萌え萌えで……！　なんかもう、ニヤニヤしちゃいました。

尚吾君は少し大人っぽい顔立ちですよね。ウィッグかぶってメイクをすれば綺麗なお姉さんにそっくりで、なおかつ本人の性格はやんちゃで可愛いという……我がままな設定を絵にしてくださって、どうもありがとうございます！　そして、孝也さん……ふふ、素敵ですよね～。特に、表紙の孝也さんはちょいSというより、Sっ気が更にアップしてる感じが大好きです。

というわけで、今回、無事に（？）思ったとおりの明るい話が書けてよかったと思いました。書いた私と同じくらい、読者の皆さんにも楽しんでいただけると嬉しいのですが……よかったら感想などくださると、もっと嬉しいです。

それでは、また。

二〇一一年九月　水島忍

この後もお姉さんによって
女装させられるんだ、と妄想
姉弟揃っての新婚編が読みたいです

挿絵も楽しく描かせて頂きました
水島先生の小説は大好きなので嬉しかったです

ありがとうございました♡

すがはら竜

KAIOHSHA ガッシュ文庫

罠にかけられた花嫁
（書き下ろし）

水島 忍先生・すがはら竜先生へのご感想・ファンレターは
〒102-8405 東京都千代田区一番町29-6
（株）海王社 ガッシュ文庫編集部気付でお送り下さい。

罠にかけられた花嫁

2011年10月10日初版第一刷発行

著　者　水島　忍
発行人　角谷　治
発行所　株式会社 海王社
〒102-8405　東京都千代田区一番町29-6
TEL.03(3222)5119(編集部)
TEL.03(3222)3744(出版営業部)
www.kaiohsha.com
印　刷　図書印刷株式会社

ISBN978-4-7964-0224-8

KAIOHSHA G 水島 忍の本

調教メタモルフォーゼ

イラスト／みろくことこ

オレ、椎葉和人の誰にも言えない秘密…。実はオレは狼人間の血を引いていて、ちっちゃいけど正真正銘の狼に変身できちゃうんだ！　でもある日、理事長の息子だという高校の先パイ・八尋智孝さんにそれがバレちゃって!?

監禁メタモルフォーゼ

イラスト／みろくことこ

オレ・椎葉和人の正体は狼人間。そんなオレの恋人は高校の先輩・八尋智孝さん。おもちゃでエッチとかおしおきエッチとか、恥ずかしいコトいっぱいしてたりする。だけどある日、オレは同じ狼人間のマーセルに連れさらわれて閉じこめられちゃって…。助けて、八尋さん！

微熱のムーンストーン

イラスト／みろくことこ

第一印象はいけ好かないヤツ。元島陽介の天敵・マーセルは金髪にモデルのような長身の美形で、世界的に有名なマジシャンだ。何故か陽介にだけいつも冷たい彼は、陽介の親友・和人が好き。だけどある日「おまえの匂いは私を惹きつける」と、キスをされエロい手つきで身体中を弄られてしまい…。

KAIOHSHA G 水島 忍の本

傲岸不遜なプロポーズ

イラスト／砧 菜々

母子家庭で育った高校生の融はある日突然、大企業高宮グループの親族会議に呼び出された。顔も知らない父親はなんとグループ会社の会長だったらしい。そこで融は、本家の跡継ぎ・伊織から遺産放棄を命じられる。傲慢でいけ好かない伊織に反発すると、言うことを聞かせようと無理やりキスをされてしまい…。

悪魔っ子メイドの恋情

イラスト／香坂あきほ

マナトは悪魔学校の卒業試験で地上にやってきた見習い悪魔。試験合格のため人間界で最初に出会ったターゲット・蓮司に契約を結ばせようとしたら、あろうことかメイドの格好でえっちなイタズラを仕掛けられてしまう！ 契約を結んでほしい一心で、我慢して蓮司のお屋敷で働いてたのだが…。

禁じられたX

イラスト／四位広猫

不慮の事故で大学生の神津大輔は全ての記憶を失い、血のつながらない兄の芳樹と同居することになった。ちょっと過保護すぎる兄は優しく、大輔は徐々に惹かれていく。そんな兄から「お前は俺の恋人だった」と告げられる。大輔の身体は兄のことを感じたがっているけれど、兄は自分に触れてくれなくて…。